瓦尔特保卫萨拉热窝

中国梦·红色经典电影阅读　　　　张照富　改编

中华工商联合出版社

图书在版编目（CIP）数据

瓦尔特保卫萨拉热窝 / 张照富，严铠改编 . —北京：中华工商联合出版社，2013.7

ISBN 978-7-5158-0590-0

Ⅰ . ①瓦… Ⅱ . ①张…②严… Ⅲ . ①中篇小说—中国—当代 Ⅳ . ①I247.5

中国版本图书馆 CIP 数据核字（2013）第 157964 号

瓦尔特保卫萨拉热窝

改　　编：张照富　严　铠
策　　划：徐　潜
责任编辑：魏鸿鸣　林　立
封面设计：赵献龙
责任审读：郭敬梅
责任印制：迈致红
出版发行：中华工商联合出版社有限责任公司
印　　刷：天津海德伟业印务有限公司
版　　次：2014 年 3 月第 1 版
印　　次：2018 年 4 月第 2 次印刷
开　　本：710mm×1000mm　1/16
字　　数：210 千字
印　　张：15
书　　号：ISBN 978-7-5158-0590-0
定　　价：29.80 元

服务热线：010—58301130
销售热线：010—58302313
地址邮编：北京市西城区西环广场 A 座
　　　　　19—20 层，100044
http：//www. chgslcbs. cn
E-mail：cicap1202@sina. com（营销中心）
E-mail：gslzbs@sina. ccm（总编室）

编委会

主　　编：赵　刚
副 主 编：堵　军
总 顾 问：赵　刚
文字统筹：严　锴
编　　委：张照富　李洪伟　曹英甫　顾清亮
　　　　　李　岩　赵献龙　赵　惠　王　跃
　　　　　丁传刚

演职员表

导　　演：哈·克尔瓦瓦茨
编　　剧：哈·克尔瓦瓦茨　萨沃·普列达
　　　　　莫莫·卡波尔
摄　　影：米·迪克萨沃耶维奇
作曲/指挥：博·阿达米奇

瓦尔特（皮劳特）……………… 巴塔·日沃伊诺维奇
吉斯（照相馆老板）……………… 留比沙·萨马季奇
谢德（钟表匠）……………… 拉德·马尔科维奇
苏里……………… 斯洛普丹·迪米特里耶维奇
康德尔（假瓦尔特）… 德拉哥米尔·保杨尼奇—基德拉
米尔娜（女叛徒）……………… 内达·斯帕索耶维奇
冯·迪特里施……………… 罗尔夫·罗麦尔
马力什……………… 伊格尔·加洛
医生……………… 斯特沃·齐冈
阿克瓦利斯（德国间谍）………… 雷利亚·巴希奇

译制人员表

译制导演： 凌子风　马尔路
翻　　译： 潘耀华　安六青　周如雁
录　　音： 郑春雨

瓦尔特（皮劳特）…………………………………… 鲁　非
吉斯（照相馆老板）………………………………… 雷　明
谢德（钟表匠）……………………………………… 马尔路
苏里 ………………………………………………… 侯冠群
康德尔（假瓦尔特）………………………………… 葛存壮
米尔娜（女叛徒）…………………………………… 于　蓝
冯·迪特里施 ……………………………………… 胡晓光
马力什 ……………………………………………… 李连生
医生 ………………………………………………… 毕鉴昌
阿克瓦利斯（德国间谍）…………………………… 关长珠
阿兹拉（谢德的女儿，游击队员）………………… 俞　平
埃德勒（德军中士，火车站站长的助手）……… 李百万
钦德勒（德军中尉，监视手术的军官）……… 凌子风
斯特里（警长）……………………………………… 关长珠
比肖夫 ……………………………………………… 韩廷奇
火车站长 …………………………………………… 王炳彧
假联络员 …………………………………………… 劳　力
哈根中校 …………………………………………… 关长珠
德国将军 …………………………………………… 马尔路

剧情说明

1944年，德国法西斯陷入四面楚歌的境地，苏军和盟军越战越勇，战火正在向德国纵深蔓延。为迟滞同盟国的攻势，德军总参谋部决定撤回驻扎在巴尔干的"A军团"，集中兵力迎战。但是贝尔格莱德的丢失，使得南斯拉夫全国各地到处是游击队，德军在游击队的重重包围之中，处境很危急，而目前只有多瑙河以南的公路还在他们的控制之下，如果这条通道被切断，那整个"A军团"共20个师近百万大军就会被围歼。用德军的话说，目前保卫德国，就指望这20个师了。

柏林命令"A兵团"从希腊和南斯拉夫火速撤退，可问题的关键是燃料只能让庞大的装甲部队维持到维谢格拉特。现在只有从萨拉热窝的燃料基地把油运送到维谢格拉特，才能使计较按时完成。

为此，德军拟定了一个秘密的"劳费尔行动"计划。萨拉热窝位于南斯拉夫中部，是一座英雄城市，人民抵抗运动沉重打击了法西斯强盗。领导这个运动的是久经考验、机智老练的游击队长瓦尔特。他的名字使敌人胆站心惊。为逮捕瓦尔特，阴险的比肖夫上尉花了一年的时间，审讯了一百多名"犯人"，仍一无所获——几乎没有几个人知道瓦尔特的样子和身份。

为了扫清这一障碍，党卫军冯·迪特里施上校被从挪威派遣到萨拉热窝，负责执行燃料秘密运输的"劳费尔行动"。德国人派党卫军上尉康德尔在游击队里的叛徒肖特的帮助下，以瓦尔特的身份打入抵抗运动组织内部，多次给游击队和抵抗运动造成重大损失，并几乎抓捕到了瓦尔特。

游击队的皮劳特和战友们铲除了叛徒肖特和假瓦尔特，设计擒获了试图混入解放区的德国特工团伙成员，通过窃听德军的电话终于搞清了所谓的"劳费尔行动"——德军用火车把伤员运到油库外卸车，同时派卡车接伤员，再把火车开到油库装运油料，最后把油运送到维谢格拉特去支援撤退中已经油料耗尽的"A兵团"的装甲部队。

皮劳特和战友吉斯、苏里带队截住一辆去油库运伤员的卡车后，混进德军，解决了火车司机后控制了机车。等火车装完油料开出油库时，被打晕的德国火车司机苏醒过来并打开了水阀，惊动了守军。德军知道上当了，立即在沿途布置军队拦截火车，押车的德军也发现了异常，向皮劳特等人进攻，均被击退。当火车爬坡时，皮劳特摘掉了列车的通风管，断开车钩，没有机车牵引的列车快速倒退，德军立即拧紧手闸刹车。但是皮劳特等人到了安全区域，立即将机车换向倒车并跳下机车，无人驾驶的机车如脱缰野马快速地下滑向军列撞去。猛烈的碰撞引燃了油料，炸掉了运送燃料的火车。最后，皮劳特的助手告诉一直想见到瓦尔特的抵抗运动成员吉斯，皮劳特就是瓦尔特。

冯·迪特里施因为"劳费尔行动"失败被调走，临走时他自嘲地说自己一来就在寻找瓦尔特，但找不到，现在即将离开时总算知道了他。他身边的盖世太保不明所以问他谁是瓦尔特，他不屑地看了这个盖世太保一眼，有气无力地说："你看到这座城市了吗？它，就是瓦尔特！"

序

　　曾经，拾起过草地上被吹落的发黄的银杏叶，夹在了日记里，再打开时，记住了那个秋天里青春的憧憬；

　　曾经，哼起过电台里被播放的欢快的流行曲，抄在了笔记上，再打开时，记住了那段岁月里相伴的愉悦；

　　曾经，流连过影院里被放映的精彩的故事片，存在了脑海中，再打开时，记住了那些回味里温暖的片段；

　　我们的曾经，是记忆的积累，留不住岁月，却留住了记忆。翻开日记时，银杏的纹络依然清晰，打开笔记时，歌词的墨迹仍然青涩。那些往事都留住了，只是在某个时刻，突然想起了那部电影，多少却有些浅忘，因为我们的笔记本里承载不了那么多的信息，只能记在脑海里，在岁月的洗涤中淡却了一些章节。

　　我们一直致力于电影连环画在读者中的普及，十年间制作了数百本电影连环画，发行量近百万册，在读者中建立了良好的口碑并取得了积极的社会效应。今天，我们将那些存在我们记忆深处的经典电影以图文版的形式制作成册，让我们重新回味那脍炙人口的故事，再度拾起从前那观看电影的快乐时光。

　　抬一把凳子，再也找不到露天电影；下一段视频，却没有充裕的时间观看；那么，就躺在床上，翻开这一本本图文本，将故事延续到梦里——记得那时年少，记得那时年轻，记得那时……

　　枕边，这一册册的电影图文本，还有一摞摞的日记和笔记本，都是我们记忆中的音符，目光触及时，在心里流淌成歌，相伴过的曾经，把美好的记忆延续到永远。

　　　　　　　　　　　　　　　　　　　赵刚

　　　　　　　　　　　　　　　　　　　2014 年 3 月 6 日

目 录

第一章

目标在萨拉热窝

1941 年 4 月 6 日，纳粹德国入侵南斯拉夫，很快南斯拉夫就被瓜分，只剩下一个"并不独立"的"克罗地亚独立国"，从此，南斯拉夫人民的抵抗运动就如火如荼地展开了。1942 年冬天，德军从欧洲东面战场上发动大规模的战争。纳粹为得到南斯拉夫的控制权，动用了近一百万的兵力，一千多辆坦克、大炮入侵，本以为可以在短时间内完全控制南斯拉夫，却遭到当地游击队的顽强抵抗。游击队还为盟军拖住了德军东面战线的主力部队，协助盟军大败德军。

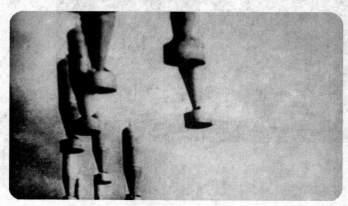

☆1942 年冬，德军从欧洲东面战场上发动大规模的战争。纳粹为得到南斯
　拉夫的控制权，动用了近一百万的兵力，一千多辆坦克、大炮入侵，本
　以为可以在短时间内完全控制南斯拉夫，却遭到当地游击队的顽强抵抗。
　游击队还为盟军拖住了德军东面战线的主力部队，协助盟军大败德军。

　　到了 1944 年，第二次世界大战的战争局势发生了重大的变化。在欧洲战场的东线，苏联红军已经由战略防御转入战略反攻；在西线，英美盟军已经在诺曼底登陆，开辟了欧洲的第二战场。在罗马尼亚首都布加勒斯特的德国南方集团军司令部地下掩蔽部，在深邃幽长的地下隧道里，走来一名德军将军（中将）和一名高级军官，沿途的士兵笔挺地站在各自的岗位上，向来者行注目礼。德国将军目光阴沉，但精神很好，走在旁边的是他的副官。

☆1944年，罗马尼亚首都布加勒斯特。德国南方集团军司令部地下掩蔽部。深邃幽长的地下隧道里走来一名德国将军和他的副官。

他们朝着会议室走去。走到会议室的门口，有两位士兵走上前，接住了他们俩的军帽。随后他们俩走进了会议室。会议室里面的七名德国高级军官看到将军走进来了，立即起立。

☆他们走进了会议室，里面的七名德国高级军官立即全体起立。将军和副官走到他们的位子上，但没有坐下，将军镇静地环顾了一下四周，清了清嗓子，开始作战陈述。他讲话的语速很快，但却透着中气不足。

德国将军和副官走到他们的位子上，但是没有坐下，将军镇静地环顾了一下四周，清了清嗓子，开始作战陈述。他讲话的语速很快，但是却透着中气不足。

德国将军看着各位军官说："诸位！向你们宣布一项重要的消息：我军东南战区司令莱尔上将已经接到命令！A军团今天晚上开始，按计划从巴尔干撤退。"

☆将军："诸位！向你们宣布一项重要的消息：我军东南战区司令莱尔上将已经接到命令！A军团今天晚上开始，按计划从巴尔干撤退。"

☆这时，副官把椅子给将军扶好，将军坐了下来，说道："请坐吧，先生们。"军官们也坐了下来，翻开了桌上的战报，副官也为将军摆好战报。

副官把椅子给将军扶好，将军顺势坐了下来，对着各位高级军官说："请坐吧，先生们。"

军官们坐了下来，翻开了桌子上已经摆好的战报。副官站了起来，也为将军把战报摆好了。

随后，将军看着在坐的各位军官继续说："贝尔格莱德的丢失，俄国军队从北方向我们推进，在南斯拉夫全国各地，到处都是游击队，我们在巴尔干的处境很危急，现在我们只控制多瑙河以南的公路，如果在莱尔上将的部队撤退之前，敌人占领了这条公路，A军团就会被包围。"

☆将军继续说："贝尔格莱德的丢失，俄国军队从北方向我们推近，在南斯拉夫全国各地，到处都是游击队，我们在巴尔干的处境很危急，现在我们只控制多瑙河以南的公路，如果在莱尔上将的部队撤退之前，敌人占领了这条公路，A军团就会被包围。"

"这意味着我们将要损失20个师。目前保卫德国，就指望这20个师了！这是当前的形势。"说到这里，将军有一些心灰意冷地站了起来。他往墙边走去，一边走一边说："再来看看我们的任务，必须保证我们的部队从希腊和南斯拉夫迅速撤退。最重要的问题是，燃料！"

德国将军掀开了墙上挂着的一块红布，露出了里面的一张欧洲巴尔干半岛的作战地图。将军指着作战地图对着在座的各位军官继

☆"这意味着我们将要损失20个师。目前保卫德国，就指望这20个师了！这是当前的形势。"这时，将军站了起来，往墙边走去，边走边说："再来看看我们的任务，必须保证我们的部队从希腊和南斯拉夫迅速撤退。最重要的问题是，燃料！"

续说："解决的办法就在这儿——萨拉热窝。这座城市在历史上曾经引起了第一次世界大战的爆发，现在它对第二次世界大战的结束，也将是很重要的。萨拉热窝将作为我们向A军团提供燃料的基地。"

☆将军一边说，一边掀开了墙上挂着的一块红布，露出里面的一张欧洲巴尔干半岛的作战地图。将军指着作战地图说："解决的办法在这儿——萨拉热窝。这座城市在历史上曾经引起了第一次世界大战的爆发，现在它对第二次世界大战的结束，也将是很重要的。萨拉热窝将成为我们向A军团提供燃料的基地。"

德国将军从地图旁边往座位那边走去，一边走一边说："现在请哈根中校介绍关于执行'劳费尔行动'计划的目的。"

随后德国将军指着哈根上校说："哈根上校，请吧。"

鬓发斑白的国防军510摩托化团团长——哈根中校起身走到军事地图前，随后拿起了一个指挥棒，用指挥棒指向图中标着红色的区域说道："我们的装甲部队从萨洛尼卡出发，经过斯科普里、乌日策、维谢格拉特，到达萨拉热窝，然后继续向西北撤退。"

☆将军让中校哈根介绍关于执行"劳费尔行动"计划的目的。鬓发斑白的国防军510摩托化团团长——哈根中校起身走到军事地图前，用指挥棒指向图中标红的区域说道："我们的装甲部队从萨洛尼卡出发，经过斯科普里、乌日策、维谢格拉特，到达萨拉热窝，然后继续向西北撤退。"

哈根中校停顿了一下，继续说："部队的燃料只够到达维谢格拉特，'劳费尔行动'计划的目的，就是要把萨拉热窝油库中的燃料，设法运输到维谢格拉特去。运输燃料的铁路线，是从萨拉热窝到维谢格拉特。"

随后，哈根中校把手里拿着的指挥棒放在了地图下的墙根上，自己朝着座位上走去："我们必须要重兵保卫铁路线和严格保密，才能够实行'劳费尔行动'计划！"

等哈根中校说完，德国将军有一些不放心地说："哈根中校，你必须亲自到铁路沿线去，这样才能保证整个计划的完成。"

☆ "部队的燃料只够到达维谢格拉特，'劳费尔行动'计划的目的，就是要把萨拉热窝油库中的燃料，设法运输到维谢格拉特去。运输燃料的铁路线，是从萨拉热窝到维谢格拉特。我们必须要重兵保卫铁路线和严格保密，才能够实行'劳费尔行动'计划！"

哈根中校认真地点了点头，然后说："我已经没有问题了，谢谢各位。"说完，他就冷峻地坐在了自己的座位上。

德国将军又扫视了一下各位军官，然后问："谁还有什么问题？"

其中一位军官有一些担心地说："谁能保证'劳费尔行动'计划不被暴露呢？"

德国将军思考了一下，回答道："韦兰德中校可以回答你这个问题。"

将军的副官站起来给将军点了一支烟。

韦兰德中校貌似忠厚的脸上生着一双鹰眼，花镜后面的目光从在场的每个人脸上滑过。他把自己的花镜摘掉，冲大家点了一下头，然后把头转向将军："可以坦率地说吗？"

德国将军吸了一口烟，又吐出来，这才说："可以的，你说吧。"

得到了将军的允许，他把自己的那副老花镜拿在手里，说："目前萨拉热窝的形势，并不那么适合进行'劳费尔行动'。这座城市里抵抗运动的力量非常强大，是一条真正的秘密战线。它的领导是个老练的游击队员，人们叫他'瓦尔特'。"

听到这儿，德国将军赶紧插话道："在执行'劳费尔行动'计划

☆韦兰德中校貌似忠厚的脸上生着一双鹰眼，花镜后面的目光从在场的每个人脸上滑过。他说："目前萨拉热窝的形势，并不那么适合进行'劳费尔行动'。这座城市里抵抗运动的力量非常强大，是一条真正的秘密战线。它的领导是个老练的游击队员，人们叫他'瓦尔特'。"

之前，必须彻底摧毁这股力量！"此刻，他的眼睛中显出两股凶狠的目光。

听将军这么说，韦兰德无奈地说："来不及也办不到了。"

☆将军插话道："在执行'劳费尔行动'计划之前，必须彻底摧毁这股力量！"他的眼睛显出凶狠的目光。"来不及也办不到了。"韦兰德无奈地说。"党卫军上校冯·迪特里施也办不到吗？"将军随后告诉大家，冯·迪特里施已经到达萨拉热窝了。

听韦兰德这么说，德国将军心中非常不高兴。他面色阴沉地说："党卫军上校冯·迪特里施也办不到吗？"

听到"冯·迪特里施"这个名字，韦兰德心中立刻一惊。他似乎有一些不敢相信地问："冯·迪特里施上校？党卫军上校，如果他到那儿也许能改变局面。可是，我听说冯·迪特里施正在挪威执行一项重要的任务。"

德国将军摆了摆手，告诉韦兰德："你说错了。上校冯·迪特里施已经到达萨拉热窝了。"

正如德国将军所说，这位出身高贵血统的冯·迪特里施上校已经到了萨拉热窝。此时，他正由萨拉热窝保安处长、党卫军二级突击队中队长比肖夫上尉陪同着，在高地上的指挥部外信步漫游。比肖夫上尉毕业于慕尼黑军事学院，战前是一位刑事警察，经验丰富、办事老道，深得上司赏识。

☆出身高贵血统的冯·迪特里施上校已经到了萨拉热窝。此时，他正由萨拉热窝保安处长、党卫军二级突击队中队长比肖夫上尉陪同着，在高地上的指挥部夕信步漫游。

萨拉热窝全城呈东西走向狭长的形态，南北是起伏连绵的山峦，从东到西宛如一条彩带披挂在巴尔干半岛风景如画的波斯尼亚河源头的东部，群山碧绿环抱之中。城东的入城口地带为险要的山路，一侧的山峰上筑有一座土耳其统治时期的城防古堡。出城东不远有一历史名胜，一座石拱"羊桥"，它曾是历史上萨拉热窝通向东方世界的重要门户。蜿蜒的山间公路，曲曲弯弯，穿越崇山峻岭，与南斯拉夫相连。出城西是波黑通向西欧的主要公路、铁路交通干线，并连通着波黑通向亚德里亚海滨的旅游公路。路旁有一萨拉热窝历史上通向西方的门户，另一座石桥"罗马桥"。由此通向波斯尼亚河的源头。源头周围自然景观美不胜收，草木茂盛，碧水涟漪，木桥辟路，曲径通幽，是波黑的国家公园。萨拉热窝气候宜人，夏季多雨，冬季多雪，是旅游度假的好去处。

老城区的商业街别具特色，有 500 多年历史，始建于土耳其统治时代。石块铺路的老街，两侧的建筑呈现出波斯尼亚民族风俗和土耳其式的风格，一排排的手工艺品店铺错落有致，期间夹杂着咖啡馆、烤肉馆和清真寺。这里的手工艺品有几百年的打造传统，从土耳其式的咖啡具、雕刻和打凿制做的铜质花瓶、各类壶和罐、圆盘艺术品到手工制做的木质烟盒、首饰盒等，从表现萨拉热窝老城风貌的装饰画到各种式样的金银首饰及各种工艺品，琳琅满目，让人目不暇接。

☆冯·迪特里施上校俯瞰着萨拉热窝，对比肖夫说："一座很美丽的城市。""是啊，可是并不平静，该是让它平静的时候了。"比肖夫回答。冯·迪特里施说："有一位波斯尼亚诗人曾经这样写过：'愿上帝保佑追击者！同时也保佑被追击者。'"比肖夫说："我喜欢追击人，而不是被追击。"

冯·迪特里施上校俯瞰着萨拉热窝，对站在自己身边的比肖夫说："嗯，这是一座很美丽的城市。比肖夫！"

比肖夫听了冯·迪特里施上校的话以后，也感慨地说："是啊，可是并不平静，该是让它平静的时候了。"

冯·迪特里施上校一边悠闲地走着，一边也感慨地说："有一位波斯尼亚诗人曾经这样写过：'愿上帝保佑追击者！同时也保佑被追击者。'"

比肖夫看着冯·迪特里施上校，有一些不解地问："保佑被追击者？我不明白。我喜欢追击人，而不是被追击。"

冯·迪特里施上校看了一眼身边比肖夫，微笑着说："呵呵，这是一个习惯问题。"

稍微停顿了一下，冯·迪特里施上校和比肖夫一起继续往前走。冯·迪特里施上校一边走一边朝四周观察着。过了一会儿，他问："你追捕'瓦尔特'多久了？"

比肖夫答道："一年了，一年多了，上校先生。"

冯·迪特里施上校接着问："有什么线索吗，比肖夫？"

比肖夫有一些沮丧地望了望远方说："没有，我看也是这样。上

☆冯·迪特里施问比肖夫："你追捕'瓦尔特'多久了？"比肖夫："一年多了，我已经尽了最大的努力，我审问了一百多个人，可是一无所获，没有人知道他是谁，没有，我可以发誓。瓦尔特简直是一个幽灵！我开始怀疑他是不是真的存在。"

校先生，我已经尽了最大的努力，我审问了一百多个人，可是一无所获，没有人知道他是谁，没有，我可以发誓。瓦尔特简直是一个幽灵！我开始怀疑他是不是真的存在。"

冯·迪特里施上校认真地听着比肖夫说的话，然后看着他认真地说："我可不相信鬼，比肖夫！他确实存在。"冯·迪特里施上校指着眼前的萨拉热窝说："他就在附近这一带活动。"

☆冯·迪特里施："我可不相信鬼，比肖夫！他确实存在。"冯·迪特里施指着萨拉热窝说道："他就在附近这一带活动。"

入夜了，军厢铁路沿线一片静寂。突然，横亘在小河上方的一座铁路桥亮起一道火光，紧接着传来震耳欲聋的两声巨大的爆炸声，碎石与扭曲的钢轨伴着气浪飞上半空。

☆入夜，军用铁路沿线一片静寂。突然，横亘在小河上方的一
　座铁路桥亮起一道火光，紧接着传来震耳欲聋的两声巨大的
　爆炸声，碎石与扭曲的钢轨伴着气浪飞上半空。

　　树林深处，一群年轻人正兴奋地望着远处的火光，其中一位高兴地说："瓦尔特，好了。"

　　他们中的一位年龄稍长者果断地命令着："小伙子们，快跑！"说完，他们就快速地跑了。

　　正在这时，一辆过路的德军巡逻车紧急停在路边，有一位军官大声地喊着："停车！停车！快点，快下来！到树林里搜！"

　　二十多名德国巡逻兵忙乱地跳下车，开始在树林里进行搜捕。

　　树林里的年轻人还没有离开。其中一个人急切地催促他们说：

☆树林深处，一群年轻人正兴奋地望着远处的火光，他们中的
　一位年龄稍长者果断地命令着："小伙子们，快跑！"

☆一辆过路的德军巡逻车紧急停在路边，二十多名德国巡逻兵忙
　乱地跳下车，开始在树林里进行搜捕。

"快点，德国兵来了！"

　　另外一个年轻人接着说："快走！"

　　此时，毫无组织纪律性的年轻人们乱作了一团。

　　德国巡逻兵听见了那些年轻人的跑步声，就朝他们大声地喊道：
"站住！"

　　德国巡逻兵一边喊着一边端着枪快步追了过来。

　　有一个年轻人眼看着德国巡逻兵就要追上来了，就转到一棵树
后用手枪与端着机枪的德国士兵对战。不过他哪里能敌得过训练有

素的德国巡逻兵呢，结果因此丢了性命。更多的年轻人则趁乱四散着逃命去了。

小伙子布兰克拼命保护着叫"瓦尔特"的年长者朝着相反的方向奔跑，目睹"瓦尔特"打死了两个德国士兵。

☆毫无组织纪律性的年轻人们乱成一团，有的用手枪与端着机枪的德国士兵对武，结果命丧黄泉；更多的人遂四散逃命。小伙子布兰克拼命保护着叫"瓦尔特"的年长者朝相反方向奔跑，目睹"瓦尔特"打死了两个德国士兵。

☆铁路尽头拐弯处忽地亮起一盏黄灯，并且在不停地摇摆，"瓦尔特"和布兰克两人急忙朝那里奔去。点灯的是养路工人奥布伦，他招呼他们说："快到这儿来。"

德国巡逻兵在后面紧追不舍，布兰克和"瓦尔特"沿着铁路一直往前跑着。在铁路尽头拐弯处忽然亮起了一盏路灯，并且在不停地摇摆着，"瓦尔特"和布兰克两人急忙朝着那里奔去了。

点灯的是养路工人奥布伦。等"瓦尔特"和布兰克走近了，他连忙招呼他们俩说："快到这儿来。"

奥布伦非常同情游击队并经常帮助他们。此刻，他把"瓦尔特"和布兰克带到值班室，打开地下室的门，让他们藏到地下室里，躲过了德国巡逻兵的搜捕。

☆奥布伦非常同情游击队并经常帮助他们。此刻，他把"瓦尔特"和布兰克带到值班室，打开地下室的门，让他们藏到地下室里，躲过了德国士兵的搜捕。

深夜的大街上安静得可怕。布兰克和"瓦尔特"从奥布伦的地下室出来后，在漆黑的大街上谨慎地走着。

等到了一个地方，"瓦尔特"对布兰克说："再见，布兰克。"

布兰克也礼貌地说："再见，瓦尔特。"

正在这时，有一辆奔驰牌轿车开了过来。轿车里的人看到了"瓦尔特"走了过来，其中一个人对另一个人说："他来了。"

"瓦尔特"与布兰克分手后，钻进了一辆等在街边的奔驰牌小轿车里。"瓦尔特"上车后，急促地对司机说："快！到盖世太保那里！"

假瓦尔特来到盖世太保办公处，这个冒充游击队长的家伙的真实名字叫康德尔，是从德国本土秘密派来的党卫军顶级特工之一，

☆深夜的大街上安静得可怕。"瓦尔特"与布兰克分手后，钻进了一辆等在街边的奔驰牌小轿车里，他急促地对司机说："快！到盖世太保那里！"

☆假瓦尔特来到盖世太保办公处，这个冒充游击队长的家伙的真名叫康德尔，是从德国本土秘密派来的党卫队顶级特工之一，军衔和比肖夫一样，也是上尉。

军衔和比肖夫一样，也是上尉。

康德尔向冯·迪特里施报告："报告上校，任务已经完成了，已经把桥给炸了。"

冯·迪特里施听了康德尔的汇报后，十分赞许地望着自己的学生，高兴地说："你干得很好！"

康德尔并没有因为老师的夸奖而感到兴奋，而是有一些担忧地

☆康德尔向冯·迪特里施报告："任务完成了，已经把桥给炸了。"冯·
迪特里施十分赞许地望着自己的学生，高兴地说："你干得很好！"

说："可是，这次任务遇到了一些意外的情况。"说到此处，康德尔
停顿了一下，瞟了一眼旁边站着的比肖夫上尉，继续说："真没想到
会碰上巡逻队。"

　　向冯·迪特里施上校汇报完后，康德尔转身盯着站在冯·迪特
里施上校旁边的比肖夫问道："比肖夫，你是答应过的，不会碰到任
何情况的！"

☆康德尔说："可是，遇到了意外的情况。"康德尔瞟了一眼旁边的比肖夫
上尉继续说道："真没想到会碰上巡逻队。"康德尔转身盯着比肖夫问道：
"比肖夫，你是答应过的，不会碰到任何情况的！"比肖夫说："我已经命
令巡逻队停止巡逻。你们碰上的是偶然经过的部队，纯属意外！"

比肖夫说:"上尉先生,请你听我……"

没等比肖夫把话说完,康德尔就打断他的话:"看在上帝的面上,你我是一样的军衔,你怎么还不习惯叫我康德尔?"

比肖夫听了以后,赶紧纠正自己的叫法,接着说:"康德尔,我已经命令巡逻队停止巡逻。你们碰上的是偶然经过的部队,纯属意外!"

康德尔很不同意比肖夫的说法,继续质问道:"正是这种'偶然',使得5名德国士兵送了命!更不用说由于你的无能,我也差点完蛋!"

听了康德尔的话,"康德尔!"比肖夫大喊一声,他和康德尔的眼睛像两只撒开束缚的斗鸡一样盯在一起。

冯·迪特里施急忙将两个人劝解开:"好了,不要说了,双方都不要再提此事了。都不要说了。"

☆康德尔说:"正是这种'偶然',使得5名德国士兵送了命!更不用说由于你的无能,我也差点完蛋!""康德尔!"比肖夫大喊一声,他和康德尔的眼睛像两只撒开束缚的斗鸡一样盯在一起。冯·迪特里施急忙劝开二人:"好了,不要说了,双方都不要再提此事了。"

说完,冯·迪特里施从座位上站了起来,走到外间的客厅,见他们二人没有马上跟着走过来,就扭过头来,对着他们俩招呼道:"请过来吧,这个意外对我们很有好处。"

冯·迪特里施带着他们来到了客厅里的餐桌旁,拿起桌子上放着的酒,顺手倒了3杯,接着说:"你像一个真的游击队员一样打死了德国士兵,你的委员会里还有谁怀疑你不是瓦尔特呢?"

　　康德尔当然也考虑到了这一点，于是自信地对冯·迪特里施说："这倒是没有人怀疑。特别是有了这次的事情以后，他们认为我就是瓦尔特。"

☆冯·迪特里施走到外间的客厅，招呼二人："请过来吧，这个意外对我们很有好处，"冯·迪特里施说着，倒了3杯酒："你像一个真的游击队员一样打死了德国士兵，你的委员会里还有谁怀疑你不是瓦尔特呢？"康德尔很自信地说："没有人怀疑，他们认为我就是瓦尔特。"

　　冯·迪特里施点了点头，高兴地说："好极了！这才是我们的目的，不是吗？"

　　他们3个都拿起了桌子上的酒杯，一饮而尽。

　　冯·迪特里施接着说："计划进行得很顺利，你已经在3天之内变成了'瓦尔特'，并组织了一个委员会，这是个巨大的成功。"冯·迪特里施说完，走向了一边。

　　在一旁的比肖夫此刻插话道："康德尔是通过肖特和游击队联系的，这可没那么简单。"

　　康德尔说："据我所知，你的那个肖特到现在还和游击队有来往。"

　　面对康德尔的不满，比肖夫接着说："肖特是给我们工作的，是我让他这么做的。"

　　原来，肖特原名叫米尔娜，也是游击队员，被比肖夫抓住后叛

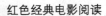
变了革命。她现在的身份是比肖夫安插在游击队内部的一个特务。

康德尔听了以后，非常明确地给比肖夫表明了自己的观点："我不喜欢这样的合作者！"

☆这时一旁的比肖夫插话："康德尔是通过肖特和游击队联系的，这可没那么简单。"原来，肖特原名叫米尔娜，也是游击队员，被敌人抓住后叛变了革命，是比肖夫安插在游击队内部的一个特务。康德尔说："我不喜欢这样的合作者！"

☆冯·迪特里施："进行得很顺利啊！你已经在3天之内变成了'瓦尔特'，并组织了一个委员会，这是个巨大的成功。"冯·迪特里施从墙边的桌子上拿来一盒烟，走了过来，对康德尔说："你留在委员会里，你有多少人？"

　　冯·迪特里施从墙边的桌子上拿来了一盒烟，走了过来，对康德尔说："你留在委员会里，你有多少人？"

　　康德尔想了一下，认真地回答："5个，一个是叛徒，其余都是真正的游击队员。"

　　冯·迪特里施若有所思地点了点头说："嗯，很好。"

　　接着，他对康德尔和比肖夫说："请坐。"

　　等3个人都就坐了下来，冯·迪特里施点了一支烟，拿在手里，接着对康德尔说："让他们去发展组织，你要模仿瓦尔特的工作作风，尽量地模仿他，模仿得越像越好。"

　　康德尔立刻明白了冯·迪特里施的意图，于是满怀信心地说："请放心吧！我会做得比真瓦尔特还像瓦尔特。"

　　☆康德尔说："5个，一个是叛徒，其余都是真正的游击队员。"
　　冯·迪特里施对康德尔说："让他们去发展组织，你要模仿瓦尔特的工作作风，尽量地模仿他，模仿得越像越好。"康德尔说："我会做得比真瓦尔特还像瓦尔特。"

　　冯·迪特里施看着康德尔那信心十足的样子，担心他会因为太过于自信而做不好，就嘱咐说："不要想得那么容易，我看你还没有接受过这样艰巨的任务。不要忘记，'劳费尔行动'7天以后就要开始了！要用足够的兵力保护铁路线，而且要绝对保密才能够为装甲部队按计划运送燃料。要想尽办法让瓦尔特的组织陷入混乱，让他只顾保存他的组织，别的什么都顾不上。最重要的是不要让他想到我们的'劳费尔行动'！"

☆冯·迪特里施说："不要想得那么容易，我看你还没有接受过这样艰巨的任务。不要忘记，'劳费尔行动'7天之内就要开始了！要用足够的兵力保护铁路线，而且要绝对保密才能够为装甲部队按计划运送燃料。要想尽办法让瓦尔特的组织陷入混乱，让他只顾保存他的组织，别的什么都顾不上。最重要的是不要让他想到'劳费尔行动'！"

康德尔点了点头，认真地说："是，上校，我想办法搞到游击队的名单、密码和联络渠道，在他们内部制造混乱，其他的事情可以叫比肖夫去做。"

冯·迪特里施听从康德尔的意见，对他说："没问题，比肖夫可以马上行动。"

冯·迪特里施转向了坐在自己旁边的比肖夫，严肃地下达了命令："比肖夫上尉，你马上采取行动，把昨天晚上炸桥的瓦尔特那伙人干掉！他们打死了5名德国士兵，绝不能饶了他们！"

比肖夫立刻站起身来，给冯·迪特里施敬了一个军礼："是，上校。"

康德尔对比肖夫提醒道："比肖夫，有个铁路工人，现在我们先不要惊动他。"

冯·迪特里施关切地问："他是谁？"

康德尔回答："叫奥布伦，是一个养路工人。在我们被追击的时

☆康德尔说："是，上校，我想办法搞到游击队的名单、密码和联络
渠道，在他们内部制造混乱，其他的事情可以叫比肖夫去做。"
冯·迪特里施对比肖夫说道："比肖夫上尉，你马上采取行动，把
昨天晚上炸桥的那伙人干掉！他们打死了5名德国士兵，绝不能饶
了他们！"

候，是他掩护了我们。"

冯·迪特里施听了以后，点了点头说："好极了，这个人一定跟
瓦尔特有联系，我们要监视他。"

☆康德尔说："比肖夫，有个铁路工人，现在我们先不要惊动他。"
冯·迪特里施说："他是谁？"康德尔说："叫奥布伦，是一个养路
工人。在我们被追击的时候，是他掩护了我们。"冯·迪特里施说：
"好极了，这个人一定跟瓦尔特有联系，我们要监视他。"

第三章

康德尔阴谋得逞

车站外站满了沉默的市民，德国士兵把二十多名参与炸桥的游击队员绞死在站前广场上。很多死者的家人也站在那里，悲愤与怒火在人群中默默地蔓延着。

☆车站外站满了沉默的市民，德国士兵把二十多名参与炸桥的游击队员绞死在站前广场上。很多死者的家人也站在那里，悲愤与怒火在人群中默默地蔓延着。

　　站长值班室外走来一名身材魁梧的德国党卫军少尉军官，身后跟着一名目光机警的党卫军士兵，他们径直走进值班室。这个冒充党卫军少尉的人真名叫"皮劳特"，游击队里的人几乎都知道皮劳特的大名，传说他与瓦尔特走得很近，人们可以从他那里知道很多有关瓦尔特的事情。跟在他后边的是游击队员苏里。

　　值班室里有一名值班员和一名德国中士，当时那位德国中士正趴在桌子上写着什么，见有少尉军官进来，赶紧站了起来，和少尉军官打了招呼。

☆站长值班室外走来一名身材魁梧的德国党卫军少尉军官，身后跟着
一名目光机警的党卫军士兵，他们径直走进值班室。这个冒充党卫
军少尉的人真名叫"皮劳特"，游击队里的人几乎都知道皮劳特的大
名，传说他与瓦尔特走得很近，人们可以从他那里知道很多有关瓦尔
特的事情。跟在他后边的是游击队员苏里。

皮劳特先做了自我介绍："保安警察别动队党卫军少尉沙士！"做
完自我介绍，皮劳特开始向值班中士埃德勒了解昨天晚上炸桥的事情。
他问埃德勒中士："昨天晚上炸桥的时候，你干什么去了，中士？"

埃德勒中士听了以后，回答道："我没有干什么。"

皮劳特又问："你向值班人员调查过吗？"

埃德勒中士听了以后，回答："没有，我认为这不是我的职责。"

皮劳特接着说："你这样做很对！我要问问他，不许任何人来打
扰我，你懂吗？"

埃德勒中士回答道："是。队长先生。"说完，他就走了出去。

见埃德勒中士走了出去，跟着皮劳特的党卫军士兵也出去警戒了。

屋里只剩下皮劳特和值班员兰克斯，兰克斯是打入车站当调度
员的游击队员。

皮劳特掏出香烟递给兰克斯，并对兰克斯说："多拿几支。"

兰克斯拿了几支，看着皮劳特说："哪儿搞到了，皮劳特？"

皮劳特笑着说："借来的，和军装一起借来的。"说着，皮劳特
把香烟装进了兜里。

☆值班室里有一名值班员和一名德国中士，皮劳特自我介绍："保安
警察别动队党卫军少尉沙士！"他向值班中士埃德勒了解昨晚炸桥
的事："你向值班人员调查过吗？"中士答："没有，我认为这不是
我的职责。"皮劳特说："你这样做很对！我要问问他，不许任何人
来打扰我，你懂吗？"

☆屋里只剩下皮劳特和值班员兰克斯，兰克斯是打入车站当调度员的
游击队员。皮劳特掏出香烟递给兰克斯。兰克斯问："哪儿搞到
的？"皮劳特答："借来的，和军装一起借的。"

"这个人是谁？"兰克斯看着门外的"党卫军士兵"问道。

皮劳特告诉他："那是苏里。"

兰克斯听了皮劳特的话，立刻心中一喜，反问道："苏里？听说
苏里常和瓦尔特在一起。"

皮劳特点了点头，回答道："好像是。"

兰克斯接着问道："他会来吗？"

皮劳特回答："可能吧。"

兰克斯满怀期望地说："我非常想见瓦尔特。"

☆"这个人是谁？"兰克斯看着门外的"党卫军士兵"问道。皮劳特
答："他是苏里。"兰克斯说："苏里？听说苏里常和瓦尔特在一
起。"兰克斯说他非常想见瓦尔特。

皮劳特笑着道："为什么？"

兰克斯说："我要亲自告诉他，对这次流血袭击的看法！"

皮劳特立刻说："我可以替你转告给他。"

兰克斯认真地对皮劳特说："请你替我转告瓦尔特，他犯了一个
错误——不该炸掉那座铁路桥！付出了多么大的代价！盲目的行动，
20个铁路工人啊！哼，死得毫无价值！"

皮劳特目光严肃地看着兰克斯，沉思了一会儿才说："这绝不是
瓦尔特让这么干的！"

兰克斯似乎余怒未平，看着皮劳特反问道："不是瓦尔特，是谁
呢？谁？"

皮劳特往前走了几步，继续说："这正是我要追查的。你知道些
什么？"

兰克斯说："不知道，昨天晚上不是我值班。"

皮劳特继续说："我想，你们应该知道。对吗，兰克斯？"

☆兰克斯说："我要亲自告诉他，对这次流血袭击的看法！"皮劳特说："我可以替你转告给他。"兰克斯说："请你替我转告瓦尔特，他犯了一个错误——不该炸掉那座铁路桥！付出了多么大的代价！盲目的行动，20个铁路工人啊！哼，死得毫无价值！"

☆皮劳特目光严肃地看着兰克斯，说道："这绝不是瓦尔特让这么干的！"值班员似乎余怒未平："不是瓦尔特，是谁呢？谁？"皮劳特答："这正是我要追查的。你知道些什么？"兰克斯说："不知道，昨天晚上不是我值班。"

　　兰克斯想了想，还是没有想出来。他一边抬起头看着皮劳特，一边自言自语地说："谁呢？"很快，兰克斯想到了一个人，于是兴奋地说："奥布伦应该知道，他是那一段的养路工。"
　　皮劳特连忙说："快给他挂个电话。"

兰克斯点了点头，立刻拿起了桌子上的电话，开始给奥布伦打电话。电话接通了，兰克斯问："奥布伦，是你吗？"

奥布伦在电话那头答道："是我。"

兰克斯用暗语问他："还有苹果吗？"

☆"奥布伦应该知道，他是那一段的养路工。"皮劳特说："快给他挂个电话。"电话接通了，兰克斯用暗语问他："还有苹果吗？"

奥布伦也用暗语回答："没有了，表哥。"

兰克斯继续说："我要买5公斤苹果。"

奥布伦回答："真的没有了。对不起，全卖完了。"

兰克斯慢慢挂上了电话。皮劳特看着兰克斯焦急地问："他说什么？"

兰克斯面色阴沉地说："没有回答暗号。"兰克斯感觉到电话中奥布伦的声音似乎有一些不大对劲，规定的暗号奥布伦也答非所问。

兰克斯的感觉是正确的。此刻在电话那边，两个德国便衣警察正拿着枪威逼着奥布伦。

等兰克斯把自己的想法和感觉跟皮劳特说完，皮劳特立刻心中一惊："出事了！"

兰克斯焦急地问："那怎么办？"

皮劳特安慰着兰克斯："别着急，我和苏里这就去看看。"

兰克斯担心地说："那样太危险了吧。"

☆然而奥布伦的声音似乎有些不大对劲，规定的暗号对方答非所问。这时，两个便衣警察正拿枪对着他。皮劳特立刻明白了：出事了！

☆皮劳特和苏里马上往奥布伦的值班室走去。

皮劳特笑了笑说："没事，我现在的身份可是保安警察别动队党卫军少尉沙士。"

于是，皮劳特和苏里立刻往奥布伦的值班室走去。

皮劳特和苏里走进奥布伦的值班室，看见奥布伦跟前站着两名秘密警察。

皮劳特自然、放松地问奥布伦："你是奥布伦吗？"

奥布伦看了看来者，点了点头说："是我。"

皮劳特上下打量着奥布伦，然后不由分说，就扇了奥布伦两个耳光，骄横地喝道："跟我走！快！"

☆皮劳特和苏里走进奥布伦的值班室，看见奥布伦跟前站着两名秘密
　警察。皮劳特问奥布伦："你是奥布伦吗？"奥布伦答："是我。"皮
　劳特上下打量了奥布伦一眼，然后不由分说，就扇了奥布伦两个耳
　光，骄横地喝道："跟我走！快！"

　　奥布伦赶紧从一边绕了出来。那两个秘密警察见皮劳特要把奥
布伦带走，心中立刻慌了，赶紧凑了上来，客气地皮劳特说："我们
是警察局的，队长先生，他要留在这儿。"

　　皮劳特大声地说："我要带走。"

　　另外一个秘密警察看着皮劳特说："对不起，应该说是个错误。"

☆两名秘密警察马上凑了上来阻止，还要给比肖夫打电话。"先等一
　等！"皮劳特急忙制止，"把证件拿出来，快拿出来！"两名秘密警
　察立即拿出自己的证件。

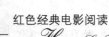
皮劳特马上反问道:"错误?"皮劳特大声地说:"不在我们保安机关,应该说是你们的错误。"

第一个秘密特务说:"我们是在执行命令。如果你愿意问一问,可以给比肖夫上尉挂电话。"

"先等一等!"皮劳特急忙制止,"把证件拿出来,快拿出来!"

两名秘密警察只得顺从地拿出了自己的证件。

恰在此时,一列火车鸣笛驶过。皮劳特突然敏捷地一侧身,后面的苏里利用火车笛声的掩护,端起手里的冲锋枪,迅速地结果了

☆这时,一列火车鸣笛驶过。

☆皮劳特突然敏捷地一侧身,后面的苏里利用火车笛声的掩护,端起手里的冲锋枪,手起枪响,结果了两个秘密警察。

两个秘密警察的性命。

皮劳特和苏里拉着正在发愣的奥布伦，匆匆跑出门，跳上前来接应的火车。

☆3个人匆匆跑出门去，跳上前来接应的火车。

康德尔来到吉斯的照相馆，他是来与他拼凑的所谓"委员会"成员接头的，接头的地点就设在了这里。康德尔进来后，看到吉斯正在给客人照相，自己就站在了一边。

吉斯比划着给照相的客人找好了角度，自己嘴里喊道："一、二、三！好！"就这样照完了，吉斯把照相的机器给推开了，微笑着对照相的客人说："好了。"

照相的客人交了钱。吉斯给他找好钱，客气地说："给你。"

照相的客人问吉斯："什么时候取？"

吉斯半认真半开玩笑地说："5天以后，如果你还活着。"

说完，他就微笑着把客人送到了门口。

等照相的客人走了，吉斯顺手把门给关上了，并挂上了"今天暂停营业"的牌子。

康德尔走过来，低声问吉斯："都来了吗？"

吉斯点了点头说："都来了。"吉斯一边回答，一边把窗帘都拉上了。

吉斯兴奋地朝着里屋的人说："瓦尔特来了。"

很多人还是第一次见到"瓦尔特"，成员中有服装个体户、无业

☆康德尔来到吉斯的照相馆，他是来与他拼凑的所谓"委员会"成员
接头的，接头地点就设在吉斯的照相馆里。康德尔问吉斯："都来了
吗？"吉斯说："都来了。"

游民和大学生。没有左手的布兰克是贝尔格莱德的大学教师，他的
左手是在配制炸弹时被炸断的。

☆很多人还是第一次见到"瓦尔特"，成员中有服装个体户、无业游民和
大学生。没有左手的布兰克是贝尔格莱德的大学教师，他的左手是在配
制炸弹时被炸断的。康德尔很严肃地对大家说："同志们，现在形势非
常严峻，盖世太保正在策划要消灭游击队，他们打算把特务打进我们的
内部，你们不要相信任何人，谁和你们接触都要告诉我。"

康德尔假惺惺地安慰有一些垂头丧气的大家："同志们，现在形势非常严峻，我们的斗争也将会很艰苦。我已经得到消息，盖世太保正在策划消灭游击队。他们打算把特务打进我们的内部，你们不要相信任何人，谁和你们接触都要告诉我。"

吉斯听了康德尔的话，激动地站起来说："很清楚，我们是等着德国士兵打进我们内部，还是先跟他们干？"

康德尔看着吉斯说："坐下说吧，吉斯。"

随后康德尔看着布兰克问道："有消息吗，布兰克？"

布兰克站起来看着康德尔说："你得通知我，咱们的联络暗号换新的了。"

康德尔点了点头说："好的。新的暗号以后再告诉你。"康德尔又继续问布兰克："你打算向解放区转移多少人？"

布兰克回答："17个。"

康德尔接着问道："你带着名单吗？"

布兰克回答："有。"他随即从口袋里掏出名单交给了康德尔。

☆康德尔又问布兰克："你打算向解放区转移多少人？"布兰克回答："17个。"康德尔问："有名单吗？"布兰克答："有。"随即从口袋里掏出名单交给康德尔。

康德尔打开名单看了看，故意把名单放在桌子上，对大家说："大家看看，可能名单还会有些变动。"

大伙都围过来看了看名单。

☆康德尔看了看，故意把名单放在桌子上，对大家说："大家看看，可能名单还会有些变动。"大伙都围过来看了看名单。

这份名单很快就到了比肖夫的手里，他看完名单下令："逮捕他们，17个全逮捕。"比肖夫又嘱咐道："把那个姑娘交给我。"

☆这份名单很快就到了比肖夫手里，他看完名单下令："逮捕他们，17个全逮捕。"

接受命令的少尉说："是，上尉先生。"

城里钟表店老板谢德是一位很受人们尊敬的人，他的住宅也说明了这一点。他的女儿阿兹拉是医院的护士。

这一天，阿兹拉下班回家，谢德走了出来。阿兹拉把外面的衣服脱掉，递给了谢德一份报纸。谢德看着女儿说："你又回来晚了？"

阿兹拉说："今天是我值班，爸爸。我刚做了一个复杂的手术。"说着，她来到桌子边，端来了茶水。

谢德对女儿说："昨天他们又抓了17个人，枪毙了一个像你一样大的姑娘。"

阿兹拉看着爸爸问道："为什么要给我讲这个？"

谢德说："敌人像野兽一样，这些家伙不管你是老还是少，残酷无情。"

阿兹拉说："我懂这个，爸爸。"

谢德坐下来，看着女儿担心地说："以后多加小心。"

☆城里钟表店老板谢德是一位很受人们尊敬的人，他的女儿阿兹拉是医院的护士。这天女儿下班回家，谢德告诉她说："昨天他们又抓了17个人，枪毙了一个像你一样大的姑娘。敌人像野兽一样，他们不管你是老还是少，以后多加小心。"

阿兹拉拉开里间屋的门，发现里面有两位前来拜访的神秘客人。阿兹拉看见他们，抱歉地说："对不起。"随后赶紧拉上了里屋的门。

其中一位就是皮劳特的伙伴苏里。阿兹拉对父亲的朋友一向充

☆阿兹拉拉开里间屋的门，发现里边有两位前来拜访的神秘客人。

满敬意，她明白，父亲从事着很崇高的事业，自己也在努力，这一点父亲却浑然不知。

☆其中一位就是支劳特的伙伴苏里。阿兹拉对父亲的朋友一向充满敬意，她明白，父亲从事着很崇高的事业，自己也在努力，这一点父亲却浑然不知。

　　谢德向女儿解释说："他们是我的朋友，天晚了留他们住一夜。"
　　阿兹拉听爸爸说完，平静地说："爸爸，我又不是小孩子了，我知道他们是谁。"

谢德有一些歉意地说："那是他们的事。"

阿兹拉倒了一杯水，接着说："这已经不是第一次了。他们经常到我们家来，还经常到你的店碰头。"

谢德看着女儿问道："你在责备我吗，阿兹拉？"

阿兹拉对爸爸的事情非常了解，对爸爸说："不，您是他们的人，我心里非常高兴，可是您为什么要我和您做的不一样呢？"

☆谢德向女儿解释说："他们是我的朋友，天晚了留他们住一夜。"

阿兹拉对爸爸的事情非常了解，对爸爸说："您是他们的人，我心里非常高兴，可是您为什么要我和您做的不一样呢？"

谢德回答说："因为我希望你能活下去。这也是你妈妈的愿望，如果她还活着。"说完，谢德端起杯子喝着水，以掩饰自己的局促和不安。

阿兹拉劝解着爸爸："妈妈是不会不高兴的，可您……"

还没等阿兹拉把话说完，谢德就打断了女儿的话："人和人是不一样的，人的行为也不一样。有的投降了敌人，有的在战斗，有的在等待。你是个姑娘，应该等待。"

正在这时，门铃响了，谢德站起来对阿兹拉说："快回你的屋去吧。"

阿兹拉顺从地点了点头说："是，爸爸。"

谢德等阿兹拉走进了里屋，就去开门。来的人是皮劳特。他正

☆谢德回答说："因为我希望你能活下去。人和人是不一样的，人的行为也不一样。有的投降了敌人，有的在战斗，有的在等待。你是个姑娘，应该等待。"

在对名单事件进行调查，断定内部出了问题。

皮劳特一进屋就问："伊万怎么样了？"

谢德回答："还好。他找到了布兰克，约定好十点钟在哈姆饭馆见面。"

☆这时，门铃响，来人是皮劳特，他正在对名单事件进行调查，断定内部出了问题。他一进门就问伊万的事，谢德说："他找到了布兰克，约定好十点钟在哈姆饭馆见面。"

皮劳特说："见面后会有人跟踪布兰克。"

谢德说："苏里和马利施在我这儿。"

皮劳特点了点头说："好，看看谁盯着伊万。"

秘密联络员伊万在哈姆饭馆约见了布兰克。他严肃地问布兰克："谁带你见的假瓦尔特？"

布兰克满心悲愤地说："吉斯。"

伊万继续问："怎么认识的？"

布兰克回答："不知道。我参加委员会的时候，他们都在场。有吉斯……"

伊万沉思了一会儿，然后问："他们中间有一个人是特务。你知道那个人是谁吗？"

布兰克摇了摇头说："不知道。不过，我们一定会搞清的。"

伊万继续问："在哪儿碰头？"

布兰克回答："吉斯的照相馆。"

伊万问："暗号呢？"

布兰克说："我要放大一张我表妹的照片。"

不过，他们并没有意识到，在他们周围已经有德国的便衣在监

☆秘密联络员伊万在哈姆饭馆约见了布兰克，他问布兰克："谁带你见的假瓦尔特？"布兰克答："吉斯。"伊万告诉他这几个人中有一个人是特务。布兰克又告诉伊万他们的接头地点是吉斯的照相馆，暗号是："我要放大一张我表妹的照片。"

视了。

饭馆里的便衣出来告诉外边的人："有个上钩的，马上去通知比肖夫。"

☆德国的便衣已在监视他们，饭馆里的便衣出来告诉外边的人："有个上钩的，通知比肖夫。"

布兰克告别了伊万，拖着沉重的脚步离开了饭馆。

☆布兰克告别伊万，拖着沉重的脚步离开了饭馆。

伊万等布兰克走了，也离开了饭馆。一个特务见伊万出来了，立刻跟了过来。

布兰克走出去没有多远，皮劳特派的人也跟在了布兰克的后面。

康德尔的轿车早已经停在了路边。看到布兰克走过来了，康德尔的司机立刻汇报道："他走过来了。"

☆这时康德尔的轿车早已停在路边，等布兰克走过去，康德尔从后面开了枪。

康德尔说："等他走过去吧。"

等布兰克走过去，康德尔把车门打开，用手枪瞄准了布兰克。而此时布兰克还全然不知。

随着"呼"的一声枪响，布兰克被击中了，年轻的游击队员倒在了血泊中。

☆布兰克被击中，年轻的游击队员倒在了血泊中。暗地里跟在后面保护布兰克的苏里听到枪声赶到时，康德尔的汽车已经开走了。

暗中跟在后面保护布兰克的苏里，听到枪声立刻赶到这里，却发现康德尔的汽车已经开走了。

钟表店里，谢德正在忙着，苏里推门走了进来，说："谢德，你好。"

谢德抬起头来，看着苏里，也客气地说："你好。"

谢德对自己的店员说："你先吃饭去。"

店员答应一声，马上走了出去。

苏里等店员走远了，才低声悲戚地说："布兰克被打死了。"

谢德听了以后，站了起来，说："打死了？那伊万怎么样？"

苏里赶紧告诉谢德："伊万被特务跟上了，你们得赶紧想办法去救他。"

谢德想了想说："我去吧。可能会有一场战斗……"

苏里安慰他说："不要紧，伊万很有经验。"

谢德继续说："伊万可能从布兰克那里知道了很多情况。"

谢德把墙上挂着的一个钟表的时刻指到了 2 点钟，表随即响了起来。谢德冷静地说："这与其说是一场战斗，不如说是斗智。伊万到哪儿去联系？"

☆苏里急忙跑到钟表店向谢德汇报："布兰克被打死了，伊万也被特务跟上了，要想办法去救他。"谢德说："可能会有一场战斗……伊万从布兰克那里会知道很多情况，这与其说是一场战斗，不如说是斗智。"他俩立即研究营救伊万的办法。

苏里说："飞鹰药房。"

谢德一边点了点头，一边思索着营救伊万的方法。时间紧迫，他俩立即研究营救伊万的办法。

伊万走进了联络点飞鹰药房，特务也跟了过来。

售药的护士见有人进来，赶紧上前问道："你买什么？"

伊万靠近柜台，装作若无其事地问："有复方阿司匹林吗？"

售药的护士回答："没有了，对不起，已经卖完了。"

伊万听了以后，打算离开。这时，售药的护士又问他："有比拉米痛，这药也不错。"

☆伊万走进了联络点飞鹰药房，特务也跟了进去。售药的护士问他："你买什么？"伊万说："有复方阿司匹林吗？"售药的护士回答说："没有了，已经卖完了。有比拉米痛，这药也不错。"伊万掏钱买了一盒，走出药店，特务也尾随出来。

伊万想了想说："那给我来一盒。"

售药的护士从柜台里拿出一盒比拉米痛递给伊万："给你。"

伊万付了钱，拿起药走出了药店。

售药的护士看着跟着伊万的特务礼貌地问："先生，您买点什么？"

特务不愿搭理售药的护士，眼睛一直盯着离开的伊万，不耐烦地说："下回买。"

伊万离开药店以后，那个特务也尾随着出来了。

那个特务来到一个报刊摊前，对另一个特务说："他还没有接上头。"

另一个特务说："跟着他。"

伊万出了药店，打开药盒，里面有一张纸条，上边写着："有人跟踪你，不要采取任何行动，到博物馆去。"

☆伊万出了药店，打开药盒，里边有一张纸条，上边写着："有人跟踪你，不要采取任何行动，到博物馆去。"

伊万意识到了危险，但心中并不慌张，而是顺着字条的指示，径直朝博物馆走去。博物馆里静悄悄的，几乎没有参观者。

☆伊万走进了博物馆，里边静悄悄的，没有参观者。

几个特务也跟着伊万进了博物馆，监视着伊万的行动。

一个特务说："你们看，这个人可能就是瓦尔特？"

另一个特务说："别胡扯，不过是个小人物，我们要抓和他接头的那个人。"

☆几个特务也进了博物馆，他们监视着伊万的行动。一个特务说："你们看，这个人可能就是瓦尔特？"另一个说："别胡扯，不过是个小人物，我们要抓和他接头的那个人。"

伊万也在暗中注视着特务的动向。

突然，博物馆的大门被推开，一群学生像潮水般涌进了博物馆。

☆伊万也在注视着特务的动向。突然，博物馆的大门被推开，一群学生像潮水般涌进了博物馆。

马利施暗中指挥着他的学生们："你们到右边去，使劲嚷嚷！你们堵住楼梯！"

☆马利施指挥着他的学生们："你们到右边去，使劲嚷嚷！你们堵住楼梯！"

学生们堵住了所有的通道和楼梯，特务们在混乱的人群中被推来操去，根本无法挤出人群，只是绝望地喊着："哪儿去了？跑哪儿去了？我说过，准是瓦尔特干的。"

☆学生们堵住了所有的通道和楼梯，特务们在混乱的人群中被推来操去，根本无法挤出人群，只能绝望地喊着："哪儿去了？跑哪儿去了？我说过，准是瓦尔特干的。"

　　"伊万，跟我来！"一个叫佐兰的游击队员拉着伊万。学生们护着他们，躲进了守门人的屋里。

　　守门人打开窗户，让伊万跳了出去，逃离了博物馆。

☆"伊万，跟我来！"一个叫佐兰的游击队员拉着伊万。学生们护着他
　　们，躲进了守门人的屋里。

☆守门人打开窗户，让伊万跳了出去，逃离了博物馆。

　　马利施在窗外接应。埋伏在博物馆外的特务也发现了他们，向他们包围过来，他们开始射击。

　　伊万跳上马利施的摩托车，疾驰而去，伊万还回头开枪还击。

☆马利施在窗外接应。埋伏在博物馆外的特务也发现了他们，向他们
　包围过来，他们开枪射击。

☆伊万跳上马利施的摩托车，疾驰而去，伊万回头开枪还击。

博物馆的特务也都跑了出来，爬上了汽车，向马利施和伊万追去。

☆博物馆里的特务也都跑了出来，爬上了汽车，向马利施和伊万追去。

马利施和伊万在前边，特务们的两辆小轿车在后面穷追不舍，情况万分危急。

☆马利施和伊万在前边，特务们的两辆小轿车在后面穷追不舍，情况万分危急。

经过一个三叉路口，狡猾的敌人兵分两路，一辆车在后边追，另一辆车绕过前边堵截。

马利施急忙掉转车头，想要逃脱，但是已经来不及了，敌人的子弹击中了伊万，伊万掉下了摩托车。

☆经过一个三叉路口，狡猾的敌人兵分两路，一辆车在后边追，另一辆车绕到前边堵截。马利施急忙掉转车头，想要逃脱，但已经来不及了，敌人的子弹击中了伊万，伊万掉下了摩托车。

马利施停车看着伊万躺在地上，敌人又向他追来，他无计可施，只能驾车逃离。

☆马利施停车看着伊万躺在地上，敌人又向他追来，他无计可施，只能驾车逃离。

第四章

偷梁换柱救伊万

特务们看伊万还活着，急忙把伊万送到医院抢救。

☆特务们看伊万还活着，急忙把伊万送到医院抢救。

得到伤势严重的伊万被送进了医院的消息，冯·迪特里施和比肖夫也来到医院。

冯·迪特里施看了看躺在病床上的伊万，然后问医生："他怎么样了？"

医生向他报告："情况很不好，流血过多。"

冯·迪特里施接着问："昏迷多久了？"

医生答道："已经很久了。可能不会恢复知觉了。"

冯·迪特里施对医生说："我需要他活着，我要立即审问这个犯人。"

医生有一些无奈地说："我们一定会尽力而为的。"

冯·迪特里施对辛德勒说："辛德勒，你在这儿监视医生做手

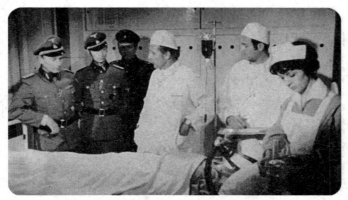

☆伤势严重的伊万被送进医院，冯·迪特里施和比肖夫也来到医院，冯·迪特里施对医生说："我需要他活着，我要立即审问这个犯人。"并指派中尉辛德勒留在这里监视医生做手术，门外还有德国士兵把守。

术。"说完他们走了，门外还有德国士兵把守。

等他们走了，医生说："告诉他们准备手术室。你可以走了。"

一个女护士说："好，我这就告诉他们立刻去准备。"

医生让其他人准备手术，并暗中告诉阿兹拉立刻回家去。

走到医院的门口，看大门的师傅给阿兹拉打开了大门，阿兹拉热情地向看门的师傅打了招呼。

阿兹拉走出医院的大门，布尔吉正在门口等她。见阿兹拉走了出来，布尔吉上前招呼道："你好。"

阿兹拉微笑着看着他。布尔吉看着阿兹拉问道："刚才那个人是谁?"

阿兹拉回答说："那个人不是德国间谍，他是游击队员。"

布尔吉接着问道："你能肯定吗?"

阿兹拉说："当然肯定了。德国人把他当做犯人。"

手术正在进行，医生故意让助手出去取血浆，就对助手说："还需要血浆。"

助手赶紧收拾了一下，要出去拿血浆。

中尉见医生的助手走了过来，就问道："到哪儿去?"

☆医生开始准备手术，并告诉阿兹拉回家去。阿兹拉走出医院大门，布尔吉正在门口等她，布尔吉问她："刚才那个人是谁？"阿兹拉回答说："那个人不是德国间谍，他是游击队员，德国人把他当做犯人。"

助手回答："我去取血浆。"

中尉跟着助手走到手术室的门口，对着门外站着的士兵说："跟着他。"

中尉下完命令，又回到了手术室里。

一个士兵跟在了助手的后面和他一起去取血浆。助手推门进来，士兵也跟了进来，助手把血浆拿在手里，仔细地看着，看了一眼正坐在那里看报纸的马利施。

马利施化装戎血库的医生，等助手拿血浆离开血库，立即向外边发信号。

等助手把血浆拿走，马利施赶紧走到门口，打开一条门缝，朝外面看了看。见助手已经走远了，就按着墙上的灯闪了几下，这是他们定下的信号。等在窗外化装成电工的苏里和另一个游击队员看到了信号，马上切断了医院的电源总闸，整个医院的灯全灭了。

见灯突然灭了，中尉着急地喊道："怎么回事？怎么没电了？真糟糕！"

随后中尉点着了一根火柴，看着医生问道："能手术吗？"

手术室里一片漆黑，手术无法进行。医生思索了一下，然后对

☆ 手术正在进行，医生故意让助手去取血浆，中尉派一个士兵跟着他。马利施化装成血库医生，等助手拿着血浆离开血库，立即向外边发信号。

☆ 等在窗外化装成电工的苏里和另一个游击队员看到信号，马上切断了医院的电源总闸，整个医院的灯全灭了。

中尉说："还能手术，请你给找几个手电筒来。"

医生说完，见中尉还是没有去找，就严肃地对中尉说："请你快点去。"

中尉知道伊万的重要性，只得把手里点着的火柴给甩灭，赶紧出去找手电筒了。趁中尉离开的机会，做手术的医生和其他一个在场的医生，把受伤的伊万和另一具尸体调了包。

医生问："什么病死的？"

— 63 —

☆手术室里一片漆黑，手术无法进行，医生让中尉去找几个手电筒，
　趁中尉离开的机会，他把受伤的伊万和另一具尸体调了包。

　　另一个医生回答："肝硬化。"

　　听到了脚步声，手术室内的医生故意着急而又大声地喊道："快
点！快点！"

　　中尉连忙在外面说："手电筒来了。"

　　几个德国士兵跟着中尉走了进来，他们举着手电筒让医生继续
做手术。手电筒刚找来没有多久，电灯也亮了，手术结束了。

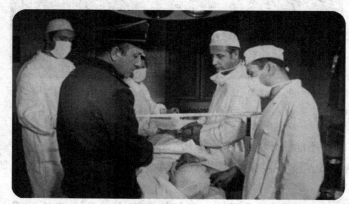

☆手电筒找来了，电灯也亮了，手术结束了。中尉辛德勒问医
　生："怎么样？手术完了？"医生回答："是完了，他死了。"辛
　德勒掀开盖在死者头上的床单，气急败坏地骂道："他妈的，
　一群废物。"

中尉辛德勒问医生："怎么样？手术完了？"

医生看了看辛德勒中尉回答："是完了，他死了。"

辛德勒中尉掀开盖在死者头上的床单，气急败坏地骂道："他妈的，见鬼去吧，一群废物。"说完，他就带着人气呼呼地走了。

伊万终于醒过来了。医生正在拉开窗户的窗帘，皮劳特来了。

医生给皮劳特开门。皮劳特问医生："你好！他怎么样了？"

医生微笑着说："他醒过来了。可以和他谈话了。"

皮劳特来到伊万的床边，拍了拍伊万的手。

伊万开始向皮劳特汇报："他们在吉斯的照相馆里碰头……"伊万向皮劳特汇报了从布兰克那里了解来的，关于假瓦尔特混进组织外围及其所有情况。

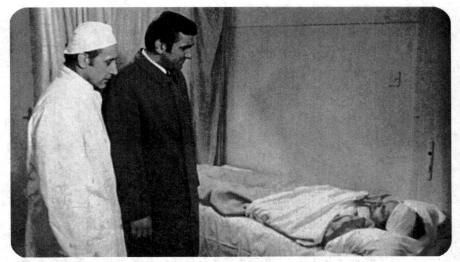

☆伊万醒过来了，他向前来看望他的皮劳特汇报了从布兰克那里了解来的，关于假瓦尔特混进组织外围及其所有情况。

皮劳特立即让苏里向解放区发电报，汇报了假瓦尔特打入组织内部和德军510兵团开进萨拉热窝等情况。

在高地上的指挥部外，冯·迪特里施正在眺望萨拉热窝。

一个德国军官走过来敬了一个礼，然后向他报告："第510摩托化团团长哈根中校奉命接受您的指挥。"

☆皮劳特立即让苏里向解放区发电报，汇报了假瓦尔特打入组织内部和德军510兵团开进萨拉热窝等情况。

☆在高地上的指挥部外，冯·迪特里施正在眺望萨拉热窝，一位德国军官走过来敬礼："第510摩托化团团长哈根中校奉命接受您的指挥。"

　　冯·迪特里施很热情地与哈根中校握手寒暄，并向他说明了任务："啊，哈根先生，你的团部就设在火车站吧。警戒好铁路线东段安全区共130公里，直到维谢格拉特。"

　　萨拉热窝火车站附近，德军第510摩托化团的车队开始沿着铁路线布防。哈根中校下达着命令："第一支队负责第一地段；第二支

☆冯·迪特里施很热情地与哈根握手寒暄，并说明任务："啊，哈根先生，你的团部就设在火车站吧。警戒好铁路线东段安全区共130公里，直到维谢格拉特。"

☆萨拉热窝火车站附近，德军第510摩托化团的车队开始沿铁路线布防。

队负责第二地段……布置好以后，各连连长到团部汇报情况！"

潜伏在伪警察局的游击队员斯特利正在车站检票口，检查旅客的身份证件，也借机留神观察510兵团在车站的布防情况。

斯特利刚检查完一波要上火车的旅客，他的一位同事来到他跟前。他们互相打着招呼。斯特利说："你来了正好。"

☆潜伏在伪警察局的游击队员斯特利正在车站检票口，检查旅客
　的身份证件，也借机留神观察510兵团在车站的布防情况。

对方问道："有可疑的人吗？"
斯特利回答："谁敢呢？来了这么多队伍，再见。"
斯特利有情况要向皮劳特汇报，他径直来到医院，按响了门铃。
医生给他开了门："你好。"
斯特利礼貌地说："你好。"随后斯特利对医生说："我是伪警察局的。"
医生看着他问："你有什么事吗？"
斯特利说："我要做透视。"

☆斯特利有情况要向皮劳特汇报，他来到医院，医生给他开了门，
　问他有什么事。斯特利说："我要做透视。"医生让他进了屋。

医生说："那就请进来吧。"

进屋以后，医生开始给斯特利做透视，医生问道："你家里曾经有人得过肺结核病吗？"

斯特利回答："有，我叔叔得过。"

医生又问道："什么时候？"

斯特利回答："两年以前，也是这个季节。"

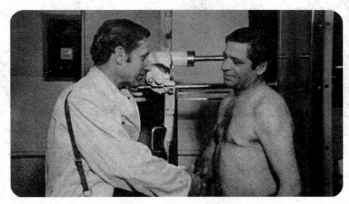

☆医生开始给斯特利做透视，医生问："你家里曾经有人得过肺结核病吗？"斯特利回答："有，我叔叔得过。"医生又问："什么时候？"斯特利答："两年以前，也是这个季节。"暗号对上了，医生热情地和他握手。

医生给斯特利做好了透视，说："欢迎你，斯特利。"

暗号对上了，医生热情地和他握手。

医生把斯特利让进了里屋，医生推开门对皮劳特说："斯特利来了。"

皮劳特起身对斯特利说："你好，斯特利。"斯特利说："你好，皮劳特。"

皮劳特站起来，问道："有什么消息？"

斯特利说："德国人封锁了车站，命令我们警察局的人立即行动起来，抓可疑分子。"

皮劳特感觉有一些奇怪，于是问："摩托化团的人来干什么？"

斯特利说："他们的任务是警戒铁路线。"

☆医生把斯特利让到里屋，皮劳特正在等他。皮劳特问："有什么消息？""德国人封锁了车站，命令我们警察局的人立即逮捕可疑分子。摩托化团来这里是为了警戒铁路线。"皮劳特分析说："可能是做'劳费尔行动'计划的准备。"

　　皮劳特说："这么说，敌人要用铁路？"

　　斯特利说："可能吧。"

　　皮劳特说："用铁路运什么呢？"

　　斯特利摇了摇头："不知道。"

　　经过仔细分析，皮劳特做出了自己的判断："可能是做'劳费尔行动'计划的准备。"

　　斯特利觉得皮劳特的分析有一些道理："可能吧。"

　　皮劳特叮嘱道："有情况及时告诉我。"

　　斯特利点了点头问："还有事吗？"

　　皮劳特说："还有一件事。"

　　斯特利问："什么事？"

　　皮劳特说："关于假瓦尔特。"

　　斯特利摇了摇头，叹了一口气说："毫无线索。盖世太保这方面的活动很机密。"

　　皮劳特说："你要想办法搞到线索。现在知道有 4 个人参加了委

☆皮劳特向斯特利了解假瓦尔特的情况，斯特利说："毫无线索。"皮劳特让他搞到线索："现在知道有4个人参加了委员会，我们要查清谁是叛徒，警察局的档案里会有材料的。"斯特利说"我一定想办法查出来，希望你提供给我他们的姓名、外貌和职业。"

员会，我们要查清楚谁是叛徒，警察局的档案里会有材料的。"

　　斯特利点了点头说："我一定想办法查出来，希望你能提供给我他们的姓名、外貌和职业。"

　　皮劳特说："好的，斯特利。我会告诉你的。"

第五章

炸卡车再遭损失

在吉斯的照相馆，"委员会"的几个成员，包括康德尔在内，正在开会。

　　游击队员布尔吉带着无比的悲愤说："毫无疑问，我们被出卖了！盖世太保什么都知道了，布兰克名单上的那些人全都被捕了，蒂娜被杀害了，布兰克也被打死了！"

　　☆在吉斯的照相馆，"委员会"的几个成员，包括康德尔在内，正在开会。游击队员布尔吉带着无比的悲愤说："毫无疑问，我们被出卖了！盖世太保什么都知道了，布兰克名单上的那些人全都被捕了，蒂娜被杀害了，布兰克也被打死了！"

　　康德尔心虚地说："布兰克有错误！你们和他一样，我不是早就和你们说过了吗？谁和你们接头，都要告诉我。布兰克不听从我的命令，擅自去和伊万接头。"

　　康德尔拉住布尔吉的胳膊说："而你，布尔吉，到现在你才告诉我，你们知道伊万是什么人？他是德国间谍！"

☆康德尔心虚地说："布兰克有错误！我不是早就和你们说过了吗？谁和你们接头，都要告诉我。布兰克不听从我的命令，擅自去和伊万接头。你们知道伊万是什么人？他是德国间谍！"

布尔吉听康德尔这么说，心中十分诧异："我不信，他是游击队员。"

一个女的问："你怎么知道？"

布尔吉认真地说："我调查过。"

另一个也问："你是怎么调查的？"

布尔吉说："伊万被德国人打伤，后来死在那个姑娘工作的医院里了。是她告诉我的。"

又有人继续问："要是那个姑娘骗你呢？"

布尔吉说："不可能。我们不能对任何人都怀疑啊！"

吉斯反问道："她是你的女朋友？"

布尔吉说："是的，这没有关系，他的父亲是一位老练的游击队员。"

康德尔听吉斯这么问立刻心中一喜，赶忙追问："她的父亲叫什么名字？"

布尔吉说："谢德·卡普丹诺维契，他是城里修表店的老板。"

康德尔假装认识他，点了点头说："谢德·卡普丹诺维契？是啊，他是个老游击队员，这个人我认识，我很想和他的女儿谈谈。"

布尔吉说："可以，她晚上参加我们小组的行动。"

☆"我不信，伊万是游击队员，他死在了一个姑娘工作的医院里！那个姑娘亲自告诉我的！"吉斯问："她是你的女朋友？"布尔吉："是的，这没关系，她的父亲是一位老练的游击队员。"

☆康德尔赶忙追问："她的父亲叫什么名字？""谢德·卡普丹诺维契，他是城里修表店的老板。"康德尔假装说认识他，说他是个老游击队员，并说要和他的女儿谈谈。布尔吉说："可以，她晚上参加我们小组的行动。"狡猾的敌人就这样从年轻、缺乏斗争经验的布尔吉那里骗取了游击队的机密。

　　狡猾的敌人就这样从年轻、缺乏斗争经验的布尔吉那里骗取了游击队的机密。

　　正在这时，门外突然传来了一阵急促的敲门声。康德尔连忙问道："还有人来吗？"

吉斯从门缝看到一位德国士兵来了，连忙说："他们会把门砸开，赶紧躲一躲。"吉斯连忙让大家从暗室逃走。

敲门声一直没有停下来，吉斯自己去开门。

进来人的是皮劳特。

"干什么，没看见关门了啊?"吉斯不认识皮劳特，没有好气地说。

皮劳特微笑着说："我看是开着的。"

☆这时，门外突然传来了一阵急促的敲门声。吉斯以为德国士兵来了，连忙让大家从暗室逃走，然后自己去开门。进来的是皮劳特。吉斯说："干什么，没看见关门啊?"吉斯不认识他，没好气地说道。"我看是开着的。"皮劳特微笑着说。

吉斯看了看皮劳特问："你要干吗?"

皮劳特看着吉斯说："我要放大一张我表妹的照片。"

吉斯问："有底片吗?"

皮劳特说："有，放在大衣的口袋里。"

吉斯点了点头说："好吧，你等会儿再来。"

暗号虽然对上了，但是吉斯还是让皮劳特等会儿再来。吉斯说完就要给皮劳特开门，让他先走。

皮劳特说："我从蒙斯大街来，后面有人追我。"

吉斯看皮劳特不愿意走，就抱怨着说："你真讨厌，偏这个时候来!"

☆吉斯问："你要干吗?"皮劳特答："我要放大一张我表妹的
照片。"吉斯说："有底片吗?"皮劳特说："有,放在大衣的
口袋里。"暗号对上了,但吉斯还是让皮劳特待会儿再来。
皮劳特说："我从蒙斯大街来,后面有人追我。"

皮劳特说："布兰克叫我来的!"
吉斯问："你叫什么名字?"
皮劳特说："皮劳特。我得找个地方住一晚上。"

☆"你真讨厌,偏这个时候来!"吉斯抱怨道。皮劳特说:"布
兰克叫我来的!"吉斯说:"你叫什么名字?""皮劳特。我得
找个地方住一晚上。"

正在这时，门外突然传来了一阵急促而刺耳的敲门声。"快开门，我们是巡逻队！"一个声音蛮横地说。

"来了！"吉斯恨透了这些杀人不眨眼的强盗，他同时小声嘱咐皮劳特："坐下，摆一个姿势！"然后，他才去开门。

门开了，立刻冲进来4个气势汹汹的"德国巡逻兵"。

☆这时，门外突然传来了一阵刺耳的敲门声："快开门，我们是巡逻队！"一个声音蛮横地说道。"来了！"吉斯恨透了这些杀人不眨眼的强盗，同时，他小声吩咐皮劳特："坐下，摆一个姿势！"然后，他才去开门。门开了，进来4个气势汹汹的德国士兵。

为首的一个"德国巡逻兵"进门以后就开始盘问吉斯："有一个德国士兵在附近被打死了，你知道这件事吗？"

吉斯摆了一下手，说："哦，不知道。"

他们朝里面走来，拉开了帘子，看着皮劳特，问吉斯："这个人是谁？"

吉斯微笑着说："我的顾客。"

"德国巡逻兵"又问："里面还有人吗？"

吉斯回答："没有。"

"德国巡逻兵"看着一间问道："这间是干什么的？"

吉斯回答："哦，是暗室。"

"德国巡逻兵"对另外3个人说："进去看看。"

进去的巡逻兵检查了一遍，然后出来报告："里面没有人。"

☆为首的一个士兵首先盘问吉斯是否在附近发现一个德国士兵被打死，吉斯说："不知道。"他们发现了皮劳特，问吉斯："这个人是谁？""我的顾客。"德国兵又检查了暗室，里边的人已经转移了，吉斯暗暗松了一口气。

吉斯见里边的人都已经转移了，暗暗松了一口气。

"德国巡逻兵"拿起装满烟头的烟灰缸问吉斯："这里来过不少人吧？"

吉斯机警地回答："营业时间，很多顾客来来往往。"

"德国巡逻兵"看着皮劳特问道："你的身份证？"

皮劳特摇摇头，说："没有。"

"德国巡逻兵"立刻厉声说："把手举起来。"

☆德国兵拿起装满烟头的烟灰缸问吉斯："这里来过不少人吧？"吉斯机警地回答："营业时间，很多顾客来来往往。"

皮劳特把手举了起来，德国兵从皮劳特的身上搜出一支手枪，他转身问吉斯："这是什么？"

吉斯看了以后，说："我没有搜过顾客的口袋。"

☆德国兵要看皮劳特的身份证，皮劳特说没有，德国兵让皮劳特举起手，从皮劳特身上搜出一支手枪，他转身问吉斯："这是什么？"吉斯说："我没有搜过顾客的口袋。"

"德国巡逻兵"发怒了，说："给我彻底搜查！"

他们开始翻箱倒柜，把吉斯的照片也倒在了地上。

吉斯急得直嚷嚷："小心点儿！那是艺术品，真是没有教养。"

☆德国兵发怒了："给我彻底搜查！"他们开始翻箱倒柜，把吉斯的照片也倒在地上。吉斯急得直嚷嚷："小心点儿！那是艺术品，真是没有教养。"

"德国巡逻兵"走到一边开始搜索，吉斯来到皮劳特身边，压低了声音说："糟糕！要坏事！"

"德国巡逻兵"从烟囱里搜出一支冲锋枪，他拿到吉斯的面前，问道："这是什么？"

吉斯只得故意装糊涂："这……这是放大机。"

"德国巡逻兵"瞪了吉斯一眼，又问："什么？"

吉斯说："我也不知道，是谁把它放在那儿的？"

"德国巡逻兵"大叫着："走！到盖世太保那儿去解释，带走！"

☆德国兵从烟囱里搜出一支冲锋枪，他拿到吉斯面前问："这是什么？"吉斯回答说："这……这是放大机，我也不知道谁把它放到那里的。"德国兵叫着："走！到盖世太保那儿解释，带走！"

皮劳特和吉斯被"德国巡逻兵"押走。半路上，皮劳特问吉斯："怎么像个孩子？"

吉斯赌气地回答："我生来就是这样。"

皮劳特接着问道："知道旁边那个小道吗？"说着，会意地瞅了吉斯一眼。

吉斯心领神会地笑了。

皮劳特接着说："注意第三步，一、二、三！"

数到第三步，两人同时动手，先绊倒前面的两个，又回身打倒后面的两个，他俩把 4 个德国兵全部打趴在地上，然后两人就钻进旁边的小路溜走了。

☆皮劳特和吉斯被德国兵押走，半路上，皮劳特问吉斯："怎么像个孩子？""我生来就这样。"皮劳特又问："知道旁边的小道吗？"吉斯会意地笑了。皮劳特说："注意第三步，一、二、三！"

☆数到第三步，两人同时动手，先绊倒前面的两个，又回身打倒后面的两个，他俩把4个德国兵全都打趴在地上，然后两人就钻进旁边的小路溜走了。

　　"德国巡逻兵"们捡起滚得老远的帽子，抱怨道："哎呀！真打呀！巴克，皮劳特踢得我真疼啊！"

那个叫巴克的"德国巡逻兵"说："下巴都快打掉了，回去一定要找他算账。"

刚才说话的那个"德国巡逻兵"说："我可不敢，我是小队员，他可是队长啊！"

另一个"德国巡逻兵"说："别啰嗦了，真的德国兵来了，可就真热闹了！"

随后那个为首的"德国巡逻兵"说："注意！"然后一声令下，他们迈着坚实的步伐就走了。哈！原来这群"德国巡逻兵"是游击队员巴克等人化装成的，为的是配合皮劳特"考察"吉斯。

☆"德国巡逻兵"们捡起滚得老远的帽子，抱怨道："哎呀！真打呀！巴克，皮劳特踢得我真疼啊！""下巴都快打掉了，回去一定要找他算账。"哈！原来这群"德国巡逻兵"是游击队巴克等人化装成的，为的是配合皮劳特"考察"吉斯。

身材娇小的裁缝米尔娜是吉斯的女朋友，30岁出头，生着一双怀疑的大眼睛。她的丈夫死于战场，寡居的她不甘寂寞，也加入到委员会中。这一天，她正在家里做活，突然听到一阵急促的敲门声。

她打开门，进来的是吉斯和皮劳特。吉斯向米尔娜介绍说："米尔娜，这是皮劳特，我们一块儿跑出来了。"

米尔娜怀疑地看着皮劳特，问吉斯："是他把巡逻队带到你那儿的？"

☆米尔娜的住处。身材娇小的裁缝米尔娜是吉斯的女朋友，30
岁出头，生着一双怀疑的大眼睛。她的丈夫死于战场，寡居的
她不甘寂寞，也加入到委员会中。这天，她正在家里做活，突
然听到敲门声。

吉斯说："他们是偶然去的。不过你们溜得真快。"

☆她打开门，进来的是吉斯和皮劳特。吉斯向米尔娜介绍说：
"这是皮劳特，我们一块儿跑出来了。"米尔娜怀疑地看着皮劳
特，问吉斯："是他把巡逻队带到你那儿的?"吉斯答道："他
们是偶然去的。"

米尔娜说："是啊。"米尔娜一边说着一边走到缝纫机前，拿起
一个线圈，开始缠着。

米尔娜看了看吉斯和皮劳特说："你们从哪儿来的？"

皮劳特说："从街上跑来的。"

米尔娜从缝纫机边的板凳上站了起来，走到桌子旁，一边收拾着桌子上摆着的衣服，一边问道："你们饿不饿？"

皮劳特马上说："饿得厉害！"

吉斯说："我看不像。"

吉斯对米尔娜说："给我们弄点东西吃吧。"

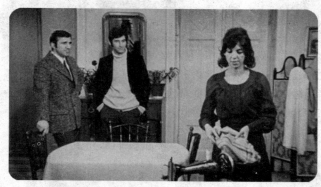

☆"你们从哪儿来？"皮劳特说："从街上跑来的。""你们饿不饿？"皮劳特说："饿得厉害！"吉斯对米尔娜说："给我们弄点东西吃吧。"

米尔娜看着吉斯说："你来帮个忙。"

吉斯说："哦。"他朝着皮劳特说："请坐。"说完，他就跟着米尔娜进了厨房。

等吉斯和米尔娜都进去了，皮劳特开始小心地侦察着米尔娜屋子内的情况。

把吉斯叫进了厨房后，米尔娜抱怨着说："你不该把他带到这儿来。"

吉斯有一些诧异地问："为什么？他知道暗号。"

米尔娜问："谁告诉他的？"

吉斯说："布兰克。"

米尔娜说："这个暗号不可靠了。"

吉斯非常自信地说："皮劳特是可靠的，如果你看到他打德国士兵，你就会相信他了。"

☆米尔娜借口让吉斯帮忙，把吉斯叫到厨房，她抱怨吉斯说：
"你不该把他带到这儿来。"吉斯说："他知道暗号，是布兰克
告诉他的。""这个暗号不可靠了。"吉斯非常自信地说："皮劳
特是可靠的，如果你看到他打德国士兵，你就会相信他了。"

皮劳特趁吉斯和米尔娜在厨房做饭的机会，认真对室内进行了
查看，他撩开服装模特上的衣服，发现里边装有一台发报机，他赶
紧把衣服恢复了原样。

☆皮劳特趁吉斯和米尔娜在厨房做饭的机会，认真对室内进行
了查看，他撩开服装模特上的衣服，发现里边装有一台发报
机，他赶紧把衣服恢复了原样。

皮劳特刚转过身来，米尔娜和吉斯就端着饭菜开门进来。米尔娜好像觉察到了什么，疑惑地问道："你找什么？"

皮劳特机警地回答："我找香烟。"

米尔娜说："最好先吃饭，香烟在缝纫机上。"

☆皮劳特刚转过身来，米尔娜和吉斯就端着饭菜开门进来。米尔娜好像觉察到了什么，疑惑地问道："你找什么？"皮劳特机警地回答："我找香烟。""最好先吃饭，香烟在缝纫机上。"

吃饭时，米尔娜问皮劳特："你早就认识布兰克吗？"

皮劳特说："他那只手残废之前我就认识他。"

☆吃饭时，米尔娜问皮劳特："你早就认识布兰克吗？""他那只手残废以前我就认识他。"米尔娜又问："听到他的消息了吗？"吉斯插话："他被打死了。"皮劳特心不在焉地喝着汤。

米尔娜又问："听到他的消息了吗？"

皮劳特说："没有。"

吉斯插话说："他被打死了。"

皮劳特心不在焉地喝着汤。

米尔娜看皮劳特那不动声色的样子，心存疑惑地问："你并不感到惊奇？"

皮劳特则一语双关地回答道："我惊奇的是我们有些人还活着。"

米尔娜又逼问："你最后什么时候见到他的？"

☆米尔娜看皮劳特那不动声色的样子，说："你并不感到惊奇？"皮劳特一语双关地回答说："我惊奇的是我们有些人还活着。"米尔娜又逼问道："你最后什么时候见到他的？"

☆皮劳特不高兴地说："这不成审问了吗？你们想审查我，看我的行动好了，你们好像要干什么？"吉斯非常自豪地回答："你以为我们什么也没干吗？我们的人，正在战斗。"

皮劳特把自己的饭往前一推，有一点儿不高兴地看着米尔娜说："这不成审问了吗？你们想审查我，看我的行动好了，你们好像要干什么？"

吉斯非常自豪地说："当然，你以为我们什么也没干吗？你会看到，我们的人，正在战斗。"

皮劳特听了以后，没有说话。

这一天深夜，游击队员们悄悄地集中到车站广场，准备烧毁德军的卡车。

☆这天深夜，游击队员们悄悄地集中到车站广场，准备烧
　毁德军的卡车。

☆一个年轻的游击队员向布尔吉报告："真走运，只有一个
　岗哨，烧掉这些卡车并不困难。"布尔吉回答："好！发
　信号。"

一个年轻的游击队员向布尔吉报告:"真走运,只有一个岗哨,烧掉这些卡车并不困难。"

布尔吉回答:"好!发信号。"

城里钟表店老板谢德的女儿阿兹拉也在里面,她随着自己的未婚夫布尔吉一道来参加战斗。

布尔吉笑着问阿兹拉:"害怕了吗?"

阿兹拉坚定地回答:"不!我已经等得着急了。"

等了一会儿,布尔吉看着阿兹拉说:"走!阿兹拉!"

他们俩和其他游击队员们一起向广场前进,很快就接近卡车了。

☆城里钟表店老板谢德的女儿阿兹拉也在里面,她随自己的未婚夫布尔吉一道来参加战斗。布尔吉笑着问阿兹拉:"害怕了吗?"阿兹拉坚定地回答:"不!我已经等得着急了。"他们俩和其他游击队员们一起向广场前进,很快就接近卡车了。

突然,广场上亮起无数的探照灯,明晃晃的光刺得人们睁不开眼,所有汽车的蓬布被向上卷起,子弹好像暴雨般泼向猝不及防的游击队员们!他们甚至来不及抛出手里的燃烧瓶就被扫倒在地。

走在最后的人开始往回跑,阿兹拉本来已经跑出敌人的射击范围了,但是当她回头看到自己心爱的人布尔吉被击中时,就奋不顾身地跑了回来。

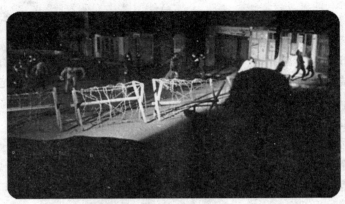

☆突然，广场上亮起无数的探照灯，明晃晃的光刺得人们睁不开
　眼，所有汽车的蓬布被向上卷起，子弹好像暴雨般泼向猝不及
　防的游击队员们！他们甚至来不及抛出手里的燃烧瓶就被扫倒
　在地。

☆走在最后的人开始往回跑，阿兹拉本来已经跑出敌人的射击范
　围了，但当她回头看到自己心爱的人布尔吉被击中时，就奋不
　顾身地迎着布尔吉跑回来。

　　布尔吉想阻止阿兹拉，高声喊着："阿兹拉！阿兹拉别过来！"
　　可阿兹拉仍旧快步朝着布尔吉跑过来，嘴里还大声地喊着："布
尔吉！布尔吉！"
　　布尔吉对阿兹拉大声地喊道："别过来！千万别过来！"
　　可是，阿兹拉还是奔向了布尔吉。敌人的探照灯、子弹一起射

— 92 —

向阿兹拉和布尔吉，两人双双倒在血泊里，壮烈牺牲。

☆布尔吉想阻止阿兹拉，高声喊着："阿兹拉！阿兹拉别过来！"可
　阿兹拉仍旧奔向布尔吉。敌人的探照灯、子弹一起射向阿兹拉和
　布尔吉，两人双双倒在血泊里，壮烈牺牲。

　　清晨，广场上堆满了尸体。就在几个小时前还是生龙活虎的年
轻人们，此时却躺在这冷冰冰的水泥地上。德国士兵荷枪实弹把广
场包围得水泄不通。

☆清晨，广场上堆满尸体。就在几小时前还是生龙活虎的年轻人们，
　此时却躺在这冷冰冰的水泥地上。德国士兵荷枪实弹把广场包围
　得水泄不通。

面色阴沉的比肖夫站在尸堆前，阴险的目光扫视着不远处黑压压的人群。一旁的翻译在不厌其烦地重复着广播："萨拉热窝公民们，德军司令部向你们发布最后通告，死者父母或亲友快来认领尸体。"

　　比肖夫恶毒地小声命令身边的党卫队中尉辛德勒："注意，谁过来，就打死谁！"

☆面色阴沉的比肖夫站在尸堆前，阴险的目光扫视着不远处黑压压的人群。一旁的翻译在不厌其烦地重复着广播："萨拉热窝公民们，德军司令部向你们发布最后通告，死者父母或亲友快来认领尸体。"比肖夫恶毒地小声命令身边的党卫队中尉辛德勒："注意，谁过来，就打死谁！"

☆人们沉默着，有的人欲上前去，被混在人群中的游击队员劝住："不要过去，会打死你的。"

　　有个中年的妇女要上前，却被旁边的一个游击队员给拉住了：

"不要过去。"

那个中年妇女说:"我儿子躺在那儿呢。"

那个游击队员劝解说:"他们会打死你的。"

见没有人出来认领尸体,比肖夫对翻译说:"再读一遍通告,最后一遍。"

翻译又开始读了起来。

人们沉默着,有的人欲上前去,被混在人群中的游击队员暗中劝住:"不要过去,会打死你的。"

所有人当中,最伤心欲绝的莫过于谢德了。看着自己唯一的孩子躺在那里,他心如刀绞,潸然泪下。

☆所有人当中,最伤心欲绝的莫过于谢德了。看着自己唯一的
孩子躺在那里,他心如刀绞,潸然泪下。

☆第一个走出人群的是谢德,皮劳特为了保护群众,紧跟在谢
德后面,其他游击队员和群众也奋不顾身地向前走去。

第一个走出人群的是谢德，皮劳特为了保护群众，紧跟在谢德后面，其他游击队员和群众也奋不顾身地向前走去。

辛德勒紧张地抬高了枪口，但是，随着越来越多的人走上来，敌人开始惊慌失措，辛德勒问他的长官："怎么办，上尉？"比肖夫看着越来越近的人无可奈何地下了撤走的命令，德国人开始退去。

☆辛德勒紧张地抬高了枪口，但是，随着越来越多的人走上来，敌人开始惊慌失措，辛德勒问他的长官："怎么办，上尉！"比肖夫无可奈何地下了撤走的命令，德国人开始退去。

敌人企图大批屠杀人民群众的阴谋失败了，人民再次显示了他们的力量。

☆敌人企图大批屠杀人民群众的阴谋失败了，人民再次显示了他们的力量。

萨拉热窝郊外，比肖夫开车带着上校冯·迪特里施与康德尔在兜圈子。

　　康德尔向冯·迪特里施介绍了最新窃得的游击队联络暗语："空气在颤抖，仿佛天空在燃烧，暴风雨来了。"

　　冯·迪特里施哼了一声，说："还富有诗意呢。"

　　冯·迪特里施问康德尔："搞到有关谢德的情况没有？"

　　康德尔说："谢德是很受尊敬的，他的修表店是游击队非常重要的联络地点。"

　　☆萨拉热窝郊外，比肖夫开车带着上校迪特里施与康德尔在兜圈子。康德尔向上校介绍了最新窃得的游击队联络暗语："空气在颤抖，仿佛天空在燃烧，暴风雨来了。"上校哼了一声说："还富有诗意呢。"

☆迪特里施问康德尔："搞到有关谢德的情况没有?""谢德是很受尊敬的,他的修表店是游击队非常重要的联络地点。"迪特里施说:"先不要惊动他,我要让他们以为他还没被发现。"

比肖夫说:"很好,我们要先监视他。"

冯·迪特里施说:"现在先不要惊动他,我要让他们以为他还没被发现。"

皮劳特来到米尔娜的家,直截了当地对她说:"你的瓦尔特是盖世太保。"

米尔娜抬头看了看皮劳特,故作镇静地答道:"不可能。"

☆皮劳特来到米尔娜的家,直截了当地对她说:"你的瓦尔特是盖世太保。"米尔娜抬头看了看皮劳特,故作镇静地答道:"不可能。"

皮劳特看着米尔娜接着说:"我也给瓦尔特工作,我们两个人总有一个是错的,究竟是谁呢?"

皮劳特靠在窗户的边上,看了看外面说:"他跟踪过你吗?"

米尔娜说:"我没有注意。"

皮劳特来到米尔娜的身边,用手扶住她的肩膀,说:"你应当帮助我们。"

米尔娜抬头看着皮劳特问:"怎么帮?"

皮劳特这时从自己的口袋里拿出一块手表,交给米尔娜,说:"保持联系,用这个。"

☆"我也给瓦尔特工作,我们两个人总有一个是错的,究竟是谁呢?"
   皮劳特又说:"你应当帮助我们。"米尔娜问:"怎么帮?"皮劳特从
   口袋里拿出一块手表,交给米尔娜,说:"用这个保持联系。"

米尔娜接过手表,拿在手里,刚要扭动手表上的螺丝,皮劳特赶紧拉住了。皮劳特严肃地说:"不要动那个。"

米尔娜不解地问:"为什么?"

皮劳特说:"你不要拨它。"

皮劳特说完转身要走,米尔娜望着皮劳特,连忙问道:"你要到哪儿去?"

☆皮劳特说完转身要走，米尔娜忙问他："你到哪儿去？"皮劳特告诉
她："如果有人问你，就说我已经离开萨拉热窝了，别的不用说，
对吉斯也不要说。"

皮劳特站住，转过身来，看着米尔娜，告诉她："如果有人问
你，就说我已经离开萨拉热窝了，别的不用说，对吉斯也不要说。"

米尔娜没有说话。皮劳特又对她说："多保重，米尔娜。以后怎
么做要看你自己了。"说完转身走了出去。

米尔娜陷入了深深的沉思中。

谢德钟表店的门被推开了，走进来一个中等个头的男人，他走
到柜台前，递给了正在忙着的谢德一个手表。谢德抬起头来，伸手
把手表接了过来。谢德手里拿着刚刚接过来的手表，低着头，开始
修了起来。

刚进来的那个中等个头的男人，朝着四周警觉地看了看，见四
下里没有人，便不动声色地对谢德说出了联络暗语："空气在颤抖，
仿佛天空在燃烧。"

听到这儿，谢德抬头看了看来人，漫不经心地回答道："是啊，
暴风雨来了。"

来人是假冒联络员的德国特务布朗。他对谢德说："我是游击队
联络员，有重要情报要交给瓦尔特，是关于'劳费尔行动'的。"

☆谢德钟表店的门被推开了，走进来一个中等个头的男人，他走到柜台前，见四下无人，便不动声色地对谢德说出了联络暗语："空气在颤抖，仿佛天空在燃烧。"

☆谢德抬头看了看来人，漫不经心地回答道："是啊，暴风雨来了。"

谢德站了起来，沉思了片刻，对他说："请交给我吧，我会转告他的。"

布朗不甘心地说："这是绝密情报，命令我一定要亲自交给瓦尔

☆来人是假冒联络员的德国特务布朗。他对谢德说："我是游击队联
　络员，有重要情报要交给瓦尔特，是关于'劳费尔行动'的。"

☆谢德站起来，沉思片刻，对他说："请交给我吧，我会转告他的。"
　布朗说："这是绝密情报，命令我一定要亲自交给瓦尔特本人，请
　你告诉他，五点钟我在清真寺门口等他，暗号不变。"

特本人，请你告诉他，五点钟我在清真寺门口等他，暗号不变。"
　　谢德说："好的，五点钟在清真寺门口。"说完，谢德将布朗的

手表递给了他。布朗接过手表就走了。

在清真寺,冯·迪特里施上校亲自部署,设下了埋伏,妄图抓获瓦尔特。他用望远镜观察着地形,看到在清真寺上面已经准备好射击的机枪了,随后他把望远镜放下来,笑着对布朗说:"哼!这回他可跑不了了。"冯·迪特里施看着布朗问:"你知道怎么做吗?"

☆在清真寺,上校迪特里施亲自部署,设下埋伏,妄图抓获瓦尔特。他用望远镜观察着地形,笑着对布朗说:"这回他可跑不了了。"迪特里施看了看手表,告诉布朗:"还有20分钟。"

布朗点了点头说:"知道。上校。"

冯·迪特里施说:"记住:他一说暗号你就发信号。"

冯·迪特里施看了看自己手腕上带着的手表,对布朗说:"还有20分钟。"安排完布朗的任务,冯·迪特里施心情大好地走了。

修表店里的时钟在一分一秒地走着,谢德和他的店员都在各自忙着。突然,门开了,警察局代号"乔斯特"的斯特利匆匆忙忙地闯进来了,来到了柜台前,斯特利看着谢德说:"你好。"

谢德抬头看着他,也礼貌地招呼道:"你好。"

斯特利说:"上个月我叔叔送来的一块表,现在修好了没有?"

谢德神色严肃地看着斯特利问:"什么表?"

斯特利扭头朝着门口那边警觉地看了看,见没有什么人,就接着说:"15钻的欧米伽。"说完,斯特利看了看谢德的店员。

谢德对自己店员说:"凯姆,去把这个洗一洗。"

店员从谢德的手里接过要洗的东西就到里屋清洗去了。

等店员进去了，暗号也对上了，谢德看着斯特利问道："你怎么来了？"

斯特利朝着谢德走过来。谢德又说："不是紧急情况你不能和我联系。"

☆修表店里的时钟在一分一秒地走着，突然，门开了，警察局代号"乔斯特"的斯特利匆忙闯进来，对完暗号，谢德问他："你怎么来了？不是紧急情况你不能和我联系。"斯特利说："现在就很紧急，敌人在清真寺布置了圈套，迪特里施亲自指挥，不知道要出什么大事？"

☆谢德心中凛然一惊！他仍不动声色地对斯特利说："刚才来了个联络员，让我约瓦尔特，五点钟在清真寺见面。"

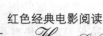
斯特利看着谢德说:"现在就是紧急情况,他们在清真寺布置了圈套,冯·迪特里施亲自指挥,不知道要出什么大事?"

谢德听了以后,心中凛然一惊!他仍然不变声色地对斯特利说:"刚才来了个联络员,让我约瓦尔特,说五点钟在清真寺见面。"

☆"什么联络员?假联络员,一定是要抓瓦尔特的。"斯特利肯定地
　说,"你赶快通知瓦尔特。"

斯特利听了心中一惊,连忙问:"什么联络员?假联络员,一定是要抓瓦尔特的。"

谢德也知道上当了,沉思了片刻以后说:"这样啊!明白了。"

谢德开始整理着自己桌子上的东西。斯特利接着说:"你赶快通知瓦尔特。"

谢德听了以后无奈地说:"怎么通知?不知道他在哪儿,他像旋风一样,从来也不停留。"

谢德之所以这么说,是因为他自己知道现在就是想通知瓦尔特也已经来不及了。

斯特利看着谢德修表店里墙上的钟表,焦急地对谢德说:"时间就要到了,得赶紧想个办法啊!"

谢德已经收拾好了桌子上的东西,只见他把抽屉关上,来到斯特利的身边,果断地对斯特利说:"你已经尽到了你的责任,接下来就交给我吧。"

☆谢德无奈地说："怎么通知？他像旋风一样，从来也不停留。"
谢德知道，此时想通知瓦尔特也已经来不及了，他果断地对斯
特利说："你已经尽到了你的责任，接下来就交给我吧。"

打发斯特利离开后，谢德沉着地走到柜台后面，从一只精美的
17世纪木制挂钟的下面摸出一支左轮手枪。

☆打发斯特利离开后，谢德沉着地走到柜台后面，从一只精美的
17世纪木制挂钟的下面摸出一支左轮手枪。

转过身来，谢德的徒弟凯姆在他的后面担心地望着师傅。
谢德看了看凯姆说："我要走了，凯姆。"
凯姆看着师傅谢德，连忙问道："您到哪儿去？"
谢德沉思了一下，对凯姆说："去找我的归宿，你多保重吧，没

有人欠我的钱，你要记住。"

凯姆一直看着师傅，认真地回答："记住了。"

谢德又说："有个犹太人叫梅尔维塔玛雅，我欠她 20 克金子，如果她还活着，别忘了还她。"

☆徒弟凯姆在后面担心地望着师傅。谢德说："我要走了。"凯姆问他："您到哪儿去？""去找我的归宿，你多保重吧，没人欠我的钱，你要记住。有个犹太人叫梅尔维塔玛雅，我欠她 20 克金子，如果她还活着，别忘了还她。"

凯姆点了点头说："是的，先生。"

谢德把桌子上的抽屉都锁上了，拿着钥匙对凯姆说："到天黑要是我还不回来，把钥匙交给我的弟弟。"说着，他将手里的钥匙递给了凯姆。

凯姆伸手把钥匙接了过来，看着谢德问："我跟他说些什么？"

谢德朝前面走了几步，说："不用，他会明白的。"说完，谢德转身看了看自己的徒弟凯姆。

凯姆关切地对师傅谢德说："我能帮您做点什么？"

谢德语重心长地对徒弟说："不用了，孩子，你好好地干吧。"说着，谢德伸手将墙上钟表的时间调了调，接着又对徒弟说："你要好好地学手艺，一辈子都用得着，不要虚度自己的一生。"说完，谢德开始朝着钟表店的门口慢慢地走去。走到门口，谢德一边拉着门，一边回头深情地看着徒弟凯姆，凯姆此刻也深情地看着他，两人对视数秒，什么话也没有再说，随后谢德拉开门，走了出去。

☆"到天黑要是我还不回来，把钥匙交给我弟弟。"凯姆问："我
能帮您干点什么？"谢德语重心长地对徒弟说："不用了，孩
子，你好好地干吧，要好好地学手艺，一辈子都用得着，不要
虚度自己的一生。"

走在大街上，人们都在和谢德打招呼，这位受到人们尊敬的老
人迈着坚定稳健的步伐迎着死亡走去。可是，这条大街上和谢德熟
悉的人们根本不知道谢德这样走出去是意味着什么，他们也不知道

☆走在大街上，人们都在和谢德打招呼，这位受到人们尊敬的老
人迈着坚定稳健的步伐迎着死亡走去。他明白，由于自己的大
意和疏忽将给组织带来灾难性的后果，现在，唯一能够弥补这
个过失的只有自己。

谢德到底做了什么事，但是在他们的心目中，都非常肯定地认为谢德是值得让他们尊敬的人。如果大家知道谢德所从事的事业，会更加尊敬他的。走着走着，谢德从兜里掏出表看了看时间。谢德明白，由于自己的大意和疏忽将给组织带来灾难性的后果，现在，唯一能够弥补这个过失的只有自己。

☆谢德走到清真寺大门口，看见特务布朗正在清真寺前徘徊，他
　环视四周，发现钟楼上已有德军埋伏。

　　谢德走到清真寺大门口，看见特务布朗正在清真寺前徘徊，他环视着四周，发现钟楼上已经有德军埋伏。

　　距离清真寺不远的街上，苏里和巴克也在接近，接到谢德的口

☆距离清真寺不远的街上，苏里和巴克也在接近，接到谢德的口
　信后，瓦尔特意识到事态的严重性，立即派他们前往配合。

信后，瓦尔特意识到事态的严重性，立即派他们前往配合。

皮劳特从另一条街上走来，也接近了清真寺。

☆皮劳特从另一条街走过来，也接近了清真寺。

这时，谢德已经一个人走进了清真寺，朝着布朗走了过去，布朗看着谢德，只见他一个人，看了看谢德的后面，也没有发现有其他人。布朗看着朝自己走来的谢德，迫不及待地问道："瓦尔特在哪儿？"

☆这时，谢德已走进清真寺，朝布朗走过去，那特务迫不及待地问："瓦尔特在哪儿？"谢德："他叫我带来个信。""什么信？""对你对我都是最后一次！"话音未落，谢德当机立断抽枪射击，特务痉挛着瘫倒在地。

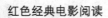
谢德停了下来，站在布朗的不远处，想了一下说："瓦尔特让我带来个信。"

布朗听谢德这么一说，着急地问道："什么信？"

谢德看着布朗，严肃地说："对你对我都是最后一次！"话音未落，谢德当机立断抽出手枪朝着布朗就是连着射击。布朗也已经掏出手枪，但是他的手枪拿在手里，还没有来得及射击，就痉挛着瘫倒在了地上。

枪声惊动了敌人，比肖夫这时连忙吹响了自己手里的哨子，钟楼顶端的重机枪听到比肖夫的哨子声瞬间洒下一阵弹雨。谢德，这位久经考验的老战士在惊飞白鸽的鸽哨声中走向他毕生追求的理想的终点。

☆枪声惊动了敌人，比肖夫连忙吹响哨子，钟楼顶端的重机枪瞬间洒下一阵弹雨。谢德，这位久经考验的老战士在惊飞白鸽的鸽哨声中走向他毕生追求的理想的终点。

皮劳特听到枪声，知道大事不好，等跑到清真寺门口时，正好看到谢德倒在血泊中。

皮劳特拔出手枪击毙了钟楼下的一名德国士兵，然后走上前去，拿起了德国士兵扔下的手枪。这时比肖夫的哨声还在清真寺中响着，皮劳特这时连忙攀上钟楼，击毙了机枪手，抱起重机枪居高临下，对着蜂拥而来的德国士兵一通猛烈的扫射！德国士兵一片片地倒在地上。

☆皮劳特听到枪声，知道大事不好，等跑到清真寺门口时，正好
　看到谢德倒在血泊中。

☆皮劳特拔出手枪击毙了钟楼下的一名德军，然后攀上钟楼，击
　毙了机枪手，抱起重机枪居高临下，对着蜂拥而来的德国士兵
　一通猛扫！士兵一片片地倒在地上。

　　敌人发现了钟楼上的皮劳特，比肖夫带领着大批德国士兵向钟
楼发起攻击，妄图活捉皮劳特。

　　与此同时，苏里和巴克也和敌人展开了激烈的战斗，消灭了大
批企图冲上钟楼的德国士兵。苏里和巴克走进了清真寺的房子里，
被已经埋伏的德国士兵抓住，德国士兵让他们放下手里的枪。他俩
故作顺从地把枪放下，互相使了一个眼色，猛地一转身，和德国士

☆敌人发现了钟楼上的皮劳特，德寇比肖夫带领着大批德国士兵
　向钟楼发起攻击，妄图活捉皮劳特。

☆苏里和巴克也和敌人展开了激烈的战斗，消灭了大批企图冲上
　钟楼的德国士兵。

兵搏斗了起来。不一会儿，他们俩就制服了几个德国士兵。

比肖夫在下面还在使劲地吹着哨子，意思是让德国士兵赶紧冲上去。皮劳特在顶上找了一根绳子，看了一下四周的情况，见德国士兵现在还离得远，就想办法看从那儿能下去。

这时苏里和巴克也爬了上来，他们俩每人手里拿着一把机枪，对着下面的德国士兵进行着猛烈的扫射。皮劳特这时已经把绳子的一端固定好了位置，另一端系在了自己的腰间，就这样皮劳特在苏

☆皮劳特在苏里和巴克的掩护下，用绳子系在腰间，从容不迫地从钟楼上滑下来。

里和巴克的掩护下，从容不迫地从钟楼上滑下来。

　　苏里和巴克扫清了钟楼附近的德寇以后与皮劳特汇合，3个人分别钻进纵横交错的小巷子中，这里是萨拉热窝最繁华的手工艺制品一条街。

☆苏里和巴克扫清了钟楼附近的德寇以后与皮劳特汇合，3个人分别钻进纵横交错的小巷子中，这里是萨拉热窝最繁华的手工艺制品一条街。

☆老艺人们用力敲击着手中的器皿，用敲打声掩护游击队员奔跑的
　脚步声。皮劳特他们分头躲藏在老艺人的店铺里，马利施也装成
　学徒，坐在那里敲打器皿。

☆德国士兵晕头转向，不知所措。比肖夫气急败坏地喊着："彻底搜
　查，快点儿！别让他跑了！"忽然，他好像明白了什么，如一个泄
　了气的皮球，耳畔的敲击声让他变得垂头丧气。

　　马利施在这里接应他们，随手把一个装满了桶的车子推了出来，
拦住了德国士兵的视野，比肖夫带领着鬼子追到了这里就看不到人

了。比肖夫朝着前面射了几枪，但没有射到任何人。老艺人们用力敲击着手中的器皿，用敲打声掩护游击队员奔跑的脚步声。皮劳特他们此刻正分头躲在了老艺人的店铺里，马利施也装成了学徒，坐在那里敲打着器皿。

德国士兵晕头转向，不知所措，根本就不知道这一会儿的工夫他们几个人跑到哪里去了。

比肖夫此时气急败坏地喊着："彻底搜查，快点儿！别让他跑了！彻底把他抓住！"

3个特务一直追着苏里他们。

一个特务说："跑了！"

另一个特务说："已经跑了，这里面有瓦尔特。"

最后一个特务说："这肯定是瓦尔特干的，可不能让他给跑了。"

一个愤怒地说："别说了，赶紧追吧。"说完就分头追去了。

比肖夫看着不停搜索着的士兵，却一点儿结果都没有。忽然，比肖夫好像明白了什么，如一个泄了气的皮球，耳畔的敲击声让他变得垂头丧气。

第七章

揪出叛徒米尔娜

此时，谢德的尸体还在清真寺里躺着，周围树上的白鸽不时地从他的身上飞过。维榭格拉特近郊，A军团装甲部队的前锋部队正缓慢地行进在公路上，副官休伯特跑来向指挥官汪施道夫上校报告。

　　指挥官汪施道夫上校看着休伯特问道："休伯特，现在部队还剩多少油？"

　　休伯特听了以后，说："报告上校，只够到达维榭格拉特。"

　　汪施道夫上校听了以后，说："什么时间可以到达维榭格拉特？你来估计一下。"

　　休伯特说："按行程推算需要20个小时。"

　　汪施道夫上校接着说："到达维榭格拉特之前，部队不能休息

☆维榭格拉特近郊，A军团装甲部队的前锋部队正缓慢地行进在公路上，副官休伯特跑来向指挥官汪施道夫上校报告。

☆指挥官汪施道夫上校问他："休伯特，现在部队还剩多少油？"
"只够到达维榭格拉特。""什么时间可以到达维榭格拉特？"
"按行程推算需要20个小时。"汪施道夫说："通知冯·迪特里
施，明天拂晓到达！"

了。通知冯·迪特里施，明天拂晓到达！"

休伯特听了以后，说："是，上校。"说完就走了。

斯特利来见皮劳特。斯特利说："A军团的装甲部队即将到达维
榭格拉特。"

皮劳特思索了一下说："这段路程大概有300公里，他们每小时
行进25公里，将在明天拂晓到达维榭格拉特。"

斯特利说："你们都知道了，我是来给你们送信的。"

和皮劳特一起来的人说："你是来报个喜信，如果不是呢？"

斯特利说："不是，他们正在筹备。我们已经掌握了这个情况，但
还不确定这是'劳费尔行动'的一部分，还是敌人准备下一次进攻呢？"

皮劳特说："各种猜测我们都有。"

和皮劳特一起来的那个人说："不过，敌人究竟要干什么，我们
还不知道。"

斯特利说："我搞到了一个重要的线索。"说着，他将手里的一
份材料交给了皮劳特。

皮劳特接了过去。斯特利接着说："对我们查清叛徒有帮助。"

皮劳特问："什么线索？"

☆斯特利来见皮劳特，向他报告Ａ军团装甲部队即将到达维榭
格拉特的消息，皮劳特他们已经掌握了这个情况，但还不确定
这是"劳费尔行动"的一部分，还是敌人在准备下一次进攻。

斯特利说："委员会的一个成员，在去年的一次大规模的袭击中
被铺了。"

皮劳特问："后来被释放了？"

斯特利点了点头："对，在一个月后被释放。我们要慎重，还要
做一定的调查。"

☆斯特利交给皮劳特一份材料，告诉他说："我搞到了一个重要
的线索，对我们查清叛徒有帮助。委员会的一个成员，在去年
的一次大规模的袭击中被捕了，一个月后被释放。"皮劳特说：
"你已经尽到你的责任了，以后的事我们来做。"

皮劳特感激地对斯特利说："你已经尽到你的责任了，以后的事我们来做。"

斯特利说："好吧。"

谢德的小徒弟凯姆现在已经是反法西斯的战士了，他假装卖花，其实是在广场上等待着米尔娜。

☆谢德的小徒弟凯姆现在已经是反法西斯的战士了，他假装卖
　花，在广场上等待米尔娜。

凯姆手里捧着一把鲜花，站在广场上朝着来来往往的行人喊着："卖花！卖花！多漂亮的花啊！"看着周围的人，凯姆热情地上前招

☆凯姆发现米尔娜走过来，迎上去问她："您买把鲜花吧?"米尔
　娜没理睬他，他又追过去："太太，要手表吗?"米尔娜也掏出
　皮劳特给她的手表和凯姆对了暗号。

呼道："买花吗？买花吗？要鲜花吗？"

凯姆发现米尔娜走过来了，他迎上去问道："您买把鲜花吗？"

米尔娜没有理睬。

凯姆又追过去问道："太太，迈米尔的金表你要吗？"

米尔娜说："不要。"

凯姆又问："要手表吗？"说着，他将手里拿着的手表递到了米尔娜的面前。

米尔娜也把皮劳特给她的手表拿了出来，和凯姆手里的放在一起。就这样俩人对上了暗号。

随后凯姆看着米尔娜说："跟着穿孝服的人走。"

米尔娜随后跟着一个穿孝服的女人向墓地走去。

☆凯姆告诉米尔娜："跟着穿孝服的人走。"米尔娜跟着一个穿孝服的女人向墓地走去。

走进公墓，皮劳特突然出现在她的面前。米尔娜看到皮劳特诧异地问道："我以为你永远也不回来了。"

皮劳特看着米尔娜，微笑着说："很高兴，你还能想到我。"

皮劳特拉了一下米尔娜的胳膊，他们一起走着，米尔娜接着问道："我该做什么？"

☆走进公墓，皮劳特突然出现在她的面前。米尔娜诧异地问："我以
　为你永远也不回来了。""很高兴你还能想到我。"米尔娜又问：
　"我该做什么？""你们的委员会联系了多少人？""50多人。"

　　皮劳特问道："你们的委员会联系了多少人？"
　　米尔娜回答："50多人。"
　　皮劳特听了以后，说："敌人搞到了他们的名单，这些人不能继
续留在这儿，必须把他们转移到解放区去，今天晚上走。"

☆皮劳特说："敌人搞到了他们的名单，这些人不能继续留在这
　儿，必须把他们转移到解放区去，今天晚上走。"

　　米尔娜转过身来，看着皮劳特问道："我去吗？"
　　皮劳特看着米尔娜说："瓦尔特觉得你留在这儿更有用，他还要

☆米尔娜问："我去吗?"皮劳特答："瓦尔特觉得你留在这儿更有
用,他还要你写一张和你联系过的人员名单。"米尔娜答应了。

你写一张和你联系过的人员名单。"

米尔娜点了点头说:"好的。"

皮劳特说:"写好交给帕福尔,十点钟到树林里集合,你要记
住,不要让吉斯知道。"

米尔娜觉得不让吉斯知道自己很不理解,就看了看皮劳特问道:
"为什么?"

皮劳特看着米尔娜,一字一句地说:"他叛变了。"

米尔娜装作自己不知道,故意假惺惺地说:"吉斯?我不相信。"

皮劳特继续说:"是啊,很难令人相信。吉斯从前被盖世太保逮
捕过,你知道他住哪儿?"

米尔娜说:"库兹曼地球厅的楼上。"

吉斯走进库兹曼的地球厅,上前和老板招呼道:"你好,库兹
曼。有人找我吗?"

库兹曼抬起头来,看了看他,说:"没有。"

吉斯看见苏里自己一个人在扔球,就过去说:"让我扔一下,我
教你怎么扔。"

苏里转过身来,看了看吉斯,把球递给了他。

地球厅老板库兹曼是德国特务,他时刻都在监视着他们的动静。

吉斯打了一个好球,向苏里得意地炫耀道:"你看怎么样?"

☆皮劳特又说："写好交给帕福尔，十点钟到树林里集合，不要让吉斯知道。""为什么？""他叛变了。"米尔娜假惺惺地说："我不相信。"皮劳特告诉她："吉斯从前被盖世太保逮捕过，你知道他住哪儿？""库兹曼地球厅的楼上。"

☆吉斯走进库兹曼地球厅，和老板打过招呼。他看见苏里在扔球，就过去说："我教你怎么扔。"地球厅老板库兹曼是德国特务，他时刻都在监视着他们的动静。

苏里看着他说："真没有说的。"

吉斯还在为自己的球技而得意，苏里的手枪已经顶在了他的胸前。吉斯看到这样的情况，脸色突然变了。

苏里低声说："举起手来！"

巴克也走了进来。苏里从吉斯的身上搜出一把手枪，扔给了巴克。

☆吉斯打了个好球，正在得意，苏里的手枪已经顶在了他的胸
　前："举起手来！"这时巴克也走了进来。苏里从吉斯身上搜出
　一把手枪，扔给巴克。

　　吉斯感到莫名其妙，看着苏里和巴克他们问道："怎么回事？你
们是谁？这是干什么？"
　　恰在这时，皮劳特从楼上走了下来，一边走一边说："我来解释。"
　　吉斯看到皮劳特好像见到了救星，就上前赶紧问道："皮劳特，
你从哪儿来啊？他们是你的朋友？告诉他们我是谁。"

☆吉斯感到莫名其妙，问道："怎么回事？你们是谁？这是干什
　么？"这时，皮劳特从楼梯上走下来说："我来解释。"吉斯看
　到皮劳特好像见到了救星："皮劳特，他们是你的朋友？告诉
　他们我是谁。"

　　"我会说的。"说着，皮劳特从口袋里掏出一份证件交给苏里："这是在他那儿找到的。"

　　吉斯连忙问道："那是什么？"

　　苏里说："你当然很清楚，释放你出狱的证件。"

☆"我会说的。"说着，皮劳特从口袋里掏出一份证件交给苏里："这是在他那儿找到的。"吉斯忙问："那是什么？"苏里说："你当然很清楚，释放你出狱的证件。"

　　吉斯故作镇静地笑了笑，忙解释道："别胡扯了，我长这么大还没闻过监狱的味儿呢。"

☆吉斯笑了笑，忙解释道："别胡扯了，我长这么大还没闻过监狱的味儿呢。"

　　皮劳特马上接过话来，看着吉斯说："那你闻过这张卡片吗？"皮劳特一边说着一边从自己的兜里掏出一张卡片，拿在手里，看着上面的字，开始念道："这个人在我的保护下。"皮劳特又翻到卡片的背面，继续念道："党卫军上尉比肖夫，盖世太保。"

　　☆皮劳特马上接过话说："那你闻过这张卡片吗？"皮劳特念着卡片："这个人在我的保护下。"又翻过卡片看着背面道："党卫军上尉比肖夫，盖世太保。"

　　听到这儿，吉斯开始有点慌了，看着皮劳特说："你们疯了吧！什么比肖夫，我可没有听过这个名字呀！"

　　☆吉斯这回有些慌了："你们疯了吧！什么比肖夫，我可没听过这个名字呀！"皮劳特说："别表演了，我们都清楚，我们有证据。"

皮劳特看吉斯还要伪装下去，双眼有神地盯着吉斯，严肃地说："别表演了，吉斯，我们都清楚，我们有证据。"

吉斯到现在终于意识到自己怎么着也说不清了，他们掌握的证据太充足了。他在脑海里快速地思考着逃走的办法。他看了看站在自己不远处的巴克，趁巴克不太注意的时候，吉斯猛地转身推开了巴克开始跑。苏里其实早就注意到了吉斯的这些鬼把戏，只见他快速地跑到了吉斯的前面，截住了吉斯，上来两拳，就把吉斯打晕在了地上。苏里对站在不远处的巴克说："把他带走。"

☆吉斯彻底绝望了，他猛地推开巴克转身就跑，苏里快速跑到前
　边截住吉斯，两拳把他打晕，告诉巴克："把他带走！"

苏里说完就走在前面，巴克上前把晕倒在地上的吉斯扛起来，跟在了苏里的后面。

地球厅的老板库兹曼把这一切都看到了眼里，等巴克把吉斯扛过来时，库兹曼指着吉斯问皮劳特："你们把他怎么办？"

皮劳特看着库兹曼说："他会得到惩罚的。"

库兹曼接着问道："你们还审问他吗？"

苏里觉得库兹曼打听得太多了，就冷漠地说："你少管闲事。"

皮劳特来到了库兹曼的面前，严肃地说："如果有人问，就说他失踪了，你也没有见过我们。明白吗？"

库兹曼看着皮劳特，故作认真地说："放心吧。"

皮劳特给库兹曼说完，就拉开门走了。

☆地球厅老板库兹曼把这一切都看到了眼里，他问皮劳特："你们把他怎么办？你们还审问他吗？"苏里说："你少管闲事。"皮劳特对库兹曼说："如果有人问，就说他失踪了，你也没见过我们。"

　　皮劳特导演了一出"将计就计"的好戏，迷惑了敌人，让敌人中了圈套。

　　等皮劳特他们离开后，库兹曼立刻拿起电话向他的上司报告："我是地球厅，货已发出，一切都很正常。"

☆皮劳特导演了一出"将计就计"的好戏，迷惑了敌人，让敌人中了圈套。皮劳特他们离开后，库兹曼拿起电话向他的上司报告："我是地球厅，货已发出，一切都很正常。"

　　米尔娜回到家里，把衣服的架子拆开，里面露出了一个隐藏的发报机。米尔娜接到电话，立即用伪装在服装模特里的发报机给康德尔通话："呼唤康德尔！呼唤康德尔！"

　　过了一会儿，电话那头传来康德尔的声音："我是康德尔！我是康德尔！"

　　米尔娜听到了是康德尔的说话声，就向他报告："他们已经中了圈套，吉斯已经被干掉，要晚上到森林里去的人员名单。"

☆米尔娜接到电话，立即用伪装在服装模特里的发报机跟康德尔通话："他们已经中了圈套，吉斯已被干掉，要晚上到森林里去的人员名单。"

☆康德尔马上答复道："名单马上给你，你抄一份，把原稿毁掉。"

随后，米尔娜又重复说了一遍："他们已经中了圈套，吉斯已经被干掉，要晚上到森林里去的人员名单。"

康德尔给她做了答复："名单马上给你，你抄一份，把原稿毁掉。"随后，康德尔挂掉了电话。

康德尔立即向德寇上校迪特里施报告："报告上校，他们已经中了圈套，已经发现留给吉斯的证件，他被干掉了。"

☆康德尔立即向德寇上校迪特里施报告："他们中了圈套，已经发现留给吉斯的证件，他被干掉了。"

冯·迪特里施听了以后，高兴地说："真是妙极了，以后米尔娜就会更受他们信任了，那个名单怎么样了？"

康德尔接着说："准备好了，在这儿，我们给米尔娜也传了一份。"

冯·迪特里施接着问道："名单里有几个是我们的人？"康德尔立刻给他递上人员名单，冯·迪特里施展开看了起来。

康德尔答道："5个。"

康德尔把身边的德国军官介绍给冯·迪特里施："这是他们的负责人，特工人员阿克瓦里斯。"

冯·迪特里施走近阿克瓦里斯说："你们会很顺利地到达游击区的，我已经命令部队放你们过去。"

阿克瓦里斯听到这个消息，微笑着对冯·迪特里施说："那以后就不会有什么困难了！"

☆迪特里施高兴地说："真是妙极了，以后米尔娜就会更受他们信任了，那个名单怎么样了？"康德尔回答："准备好了，我们给米尔娜也传了一份。""名单里有几个我们的人？""5个。"

冯·迪特里施对阿克瓦里斯说："我们对你寄予很大的希望。"
阿克瓦里斯说："是，上校。"
冯·迪特里施接着说："我祝你顺利。"

☆接着康德尔把身边的德国军官介绍给上校："这是他们的负责人，特工人员阿克瓦里斯。"上校告诉他："你们会很顺利地到达游击区的，我已命令部队放你们过去。我们对你寄予很大的希望，祝你顺利。"

阿克瓦里斯说:"谢谢!"

说完两人的手紧紧地握在了一起。

晚上,马利施带领着一批爱国青年翻山越岭朝着解放区进发,他们在漆黑的夜里摸索着前进,大家都在按照出发时的吩咐,快步地朝前走着。因为天黑,又担心被德国兵给发现,所以大家赶路的时候都尽量不发出声音,或者把发出的声音尽量减小。

混在队伍里的德国军官阿克瓦里斯很清楚是怎么个情况,他来到领队马利施的跟前,问马利施:"马利施,黎明前我们能到吗?"

马利施听到他的问话,也没有停下脚步,继续往前走着,回答道:"不知道,我把你们交给联络员,他领着你走。"

☆晚上,马利施带领着一批爱国青年翻山越岭朝解放区进发,混在队伍里的德国军官阿克瓦里斯问马利施:"黎明前我们能到吗?""不知道,我把你们交给联络员,他领你们走。"

阿克瓦里斯问:"联络员在哪儿?"

马利施指了指前面说:"在那边。"

阿克瓦里斯知道马上就能见到联络员了,就点了点头:"嗯。"

马利施看了看他说:"走吧。"

说完,他们就继续朝着前方走了。

不一会儿的工夫,他们就走进了一个大院子,院子的四周都是断壁残墙。他们不知道这个院子是干什么用的,在漆黑的夜里,四周都是黑乎乎的一片,什么也看不清楚。他们刚才已经听马利施说过，前面不远处就能见到联络员了，所以大家也没有任何的疑问，就这样跟着马利施就往前走了。

☆他们走进一个大院子，四周都是断壁残墙。

因为来的时候，阿克瓦里斯就已经从迪特里施和康德尔那儿得知，自己不会有什么危险，也不会碰到什么复杂的状况，所以他的心里还是比较放心的。

突然，就在他们一行人小心翼翼地往前走时，黑暗中传来一声大叫："站住！举起手来！放下武器！"

他们一行人赶紧站了下来，不敢再往前走了。在黑暗中，隐隐约约地看到了院子的周围都已经站满了德国士兵，阿克瓦里斯看到这里，心里感到十分纳闷："不是说过德国士兵不会拦截我们的吗？"大家见到这种情况，没有人敢说什么，都只好乖乖地把双手给举了起来。

领队的马利施带头把手里的枪放在了地上。站在马利施左边的是阿克瓦里斯，只见他抬头看了看四周，又低下了头。这时站在马利施右边的一个人想伸手去掏枪，马利施看到了连忙劝阻他："算了，我们已经被包围了。"

听完马利施的劝阻，那个人思考了一下，想到如果现在自己把枪掏出来，那么后果将不堪设想了。所以他把手缩了回来，又老老实实地把自己的手举了起来。

☆突然，黑暗中传来喊声："站住！举起手来！放下武器！"周围
　已经站满了德国士兵，大家乖乖地举起双手，马利施带头把枪
　扔在地上。旁边一个人想掏枪，马利施劝阻他："算了，我们
　已被包围了。"

　　原来这又是瓦尔特安排的反间计。大家都举着手，不知道将要
发生什么。只见这时，假扮成德国士兵的游击队员鲍罗慢慢地走到
了队伍的前面，看了看大家，说："把手都放下吧。"

☆原来这又是瓦尔特安排的反间计。这时，假扮成德国士兵的游击
　队员鲍罗走到队伍前面，让大家把手放下，大声问："谁是你们的
　头儿？"马利施回答："我是。""一共多少人？""自己不会数？"

　　大家听了以后把手都放了下来，然后都瞪着眼睛看着眼前的这个德国士兵，不知道将会发生什么。

鲍罗朝着前面走了几步，看着大家问："谁是你们的头儿？"

马利施马上回答道："我是。"

鲍罗站住，看着马利施接着问道："一共多少人？"

马利施没有好气地说："自己不会数？"

鲍罗听马利施这么说，非常生气。他瞪着马利施愤怒地喊道："住嘴！"

打扮成德国士兵的考普罗来到了鲍罗的跟前，问道："中士先生，怎么处理他们？"

鲍罗故意大声地喊道："尽快处理，让他们快点儿到前边来，都给我枪毙了，枪毙！"说完，他表现出很生气的样子走了。

☆鲍罗大怒道："住嘴！"这时，装扮成德国士兵的考普罗过来问："中士先生，怎么处理他们？""尽快处理，让他们快点儿到前边来，都给我枪毙了，枪毙！"鲍罗故意大声喊着。

听说都要被枪毙，混在人群中的阿克瓦里斯害怕了，原本来的时候就已经说好，不会出现德国士兵拦截他们的，可是现在就出现了，阿克瓦里斯此时的心里非常着急。

阿克瓦里斯看着马上就要走远的鲍罗大声地喊着，他这是要赶紧亮出自己的身份，以免德国士兵耽误自己的事情。

阿克瓦里斯对着鲍罗大声地喊道："中士先生，中士先生，我是德国军官。"

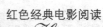

鲍罗转过身来，假装不相信阿克瓦里斯的话，故意说："是军官？那我还是丘吉尔呢！"

阿克瓦里斯见鲍罗不相信他的话，连忙又严肃地说："我不和你

☆听说都要枪毙，混在人群中的阿克瓦里斯害怕了，赶紧亮出自己的身份："中士先生，我是德国军官。"鲍罗假装不信："是军官？那我还是丘吉尔呢！"阿克瓦里斯继续说："我不和你开玩笑，我要见你们的指挥官。"

☆鲍罗把阿克瓦里斯带进屋里，向装扮成德国指挥官的皮劳特报告："这个人自己说他是德国军官。"阿克瓦里斯接着说："我是德国党卫军上尉，你们犯了一个不可饶恕的错误，你们破坏了我们的行动计划，上边已经下了命令不准阻拦这些游击队员。"皮劳特说："很遗憾，我没接到这样的命令。"

开玩笑，我要见你们的指挥官。"

鲍罗上下仔细打量了阿克瓦里斯一番，然后说："跟我来。"

阿克瓦里斯朝着身边的同伴看了一下，就跟着鲍罗走了。鲍罗把阿克瓦里斯带进了屋里，向装扮成德国指挥官的皮劳特说："报告！这个人自己说他是德国军官。"

阿克瓦里斯看着面前的德国指挥官皮劳特，接着严肃地说："我是德国党卫军上尉，你们犯了一个不可饶恕的错误，你们破坏了我们的行动计划，上边已经下了命令不准阻拦这些游击队员。"

皮劳特听了以后，摇了摇头说："很遗憾，我没有接到这样的命令。"

阿克瓦里斯听到以后，觉得这位德国军官说的话自己根本就无法相信，既然冯·迪特里施已经说了，那就是肯定的事情。于是他看着鲍罗接着说："你可以对证，你应该马上和萨拉热窝的盖世太保联系，我可以把联系的密码告诉你。"

☆阿克瓦里斯说："你可以对证，你应该马上和萨拉热窝的盖世太保联系，我可以把联系的密码告诉你。"

阿克瓦里斯听了外面有人在喊着："快走！朝着这边去！"

正在这时，考普罗把马利施带了进来，向皮劳特报告说："在这个毛孩子身上找到一份名单。"

阿克瓦里斯听到这个消息，连忙说："这名单是盖世太保开的，我们的人已经插到游击队中间了。"

☆这时，考普罗把马利施带了进来，向皮劳特报告说："在这个
毛孩子身上找到一份名单。"阿克瓦里斯说："这名单是盖世太
保开的，我们的人已经插到游击队中间去了。"

皮劳特瞅了瞅阿克瓦里斯说："我是要对证的，在你们的人名上
做个记号。"

阿克瓦里斯转身从考普罗的手里把那份名单接了过来，拿在了
自己的手里，随后从自己的上衣兜里拿出一支笔，趴在旁边的桌子

☆皮劳特说："我是要对证的，在你们的人名上做个记号。"阿克
瓦里斯照办了，他把做了记号的名单交给皮劳特："拿去吧，
除了这 5 个人以外，其他都是游击队员，你可以枪毙他们。"

上，认真地按照皮劳特的要求在名单上做着记号。不一会儿的工夫，阿克瓦里斯就把皮劳特安排的事情做好了。阿克瓦里斯把做了记号的名单交给皮劳特："拿去吧，除了这5个人以外，其他都是游击队员，你可以枪毙他们。"

阿克瓦里斯觉得自己做得非常对，而且心里还想着面前的这位德国军官马上就会把这帮人给放过去，这样他就能很顺利地完成冯·迪特里施给他安排的任务了。

谁知道这位德国军官把阿克瓦里斯递过来的名单，拿在自己的手里仔细地看了看，然后看着他认真地说："党卫军上尉先生，我要做的正好相反。"

直到这时，阿克瓦里斯才明白过来，自己又上当了，他看着鲍罗无可奈何地说："是这样，干得真漂亮！"

☆皮劳特接过名单看了看说："党卫军上尉先生，我要做的正相反。"阿克瓦里斯这才明白，他又上当了，无可奈何地说："是这样，干得真漂亮！"

皮劳特把手里的名单递给鲍罗，说："鲍罗，好好照顾先生们。"

鲍罗接过皮劳特递过来的名单，拿在手里，看着马利施说："干得不错啊！马利施！"

马利施也高兴地说："真不错！鲍罗！"说完鲍罗就走了出去。

皮劳特来到马利施的面前，对马利施微笑着说："马利施，送他们到解放区去，你们可以唱着歌走，德国人已经下了命令，任何人

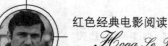

也不敢阻拦你们的。"说完，皮劳特面带微笑着和马利施一起出去了。屋里只剩下了阿克瓦里斯自己，还有一位打扮成德国士兵的游击队员端着枪在看着他。

☆皮劳特对马利施说："马利施，送他们到解放区去，你们可以唱着歌走，德国人已经下了命令，任何人也不敢阻拦你们的。"

此时的阿克瓦里斯心里是十分气愤的，他觉得自己不应该这么大意就马上站出来，可是这也是他没有想到的，在他出发之前，冯·迪特里施已经安排过，不会在路上遇到这样的情况的。

皮劳特经过细致地调查，已经摸清了敌人的底细，米尔娜的叛徒嘴脸也彻底暴露了。因为自己的叛徒身份，米尔娜每天也是提心吊胆的，她心里很是害怕，因为不知道哪一天自己就会被发现，所以她在夜里会经常做噩梦，梦到自己被游击队员抓住的情形。

这一天夜里，米尔娜从梦中惊醒了，毫无疑问，她又做自己被抓住的梦。米尔娜迷迷糊糊地好像听到自己的屋里有动静，她赶紧伸手打开了自己床头的灯，下床慢慢地、轻轻地走着，要到不远处的抽屉里去拿手枪。

只见她来到抽屉前，刚刚把抽屉门拉开，里面露出了她的手枪。米尔娜把手慢慢地伸过去，手刚刚碰到手枪的那一瞬间，她拿枪的

☆皮劳特已经摸清了敌人的底细，米尔娜的叛徒嘴脸也彻底暴露
　了。这天夜里，米尔娜从梦中惊醒，似乎听到屋里有动静，打
　开床头灯，下床到抽屉里去拿手枪。

手突然被一只粗壮的大手给按住了，吓得米尔娜惊慌失措"啊"地
惊叫一声。

☆她拿枪的手突然被一只粗壮的大手按住，吓得她惊慌失措
　"啊"地惊叫一声。

　　屋里的灯亮了，站在她面前的原来是吉斯。米尔娜看到吉斯，
吓得"啊"的一声，连忙后退了几步。
　　吉斯微笑着走上前，看着一脸惊吓的米尔娜，温柔地说："小天
使，看到我你不高兴?"

　　米尔娜此时的心里已经乱了，不是说吉斯已经死了吗？只见米尔娜双眼疑惑地看着面前微笑着的吉斯问道："吉斯，你还活着？"

　　吉斯看着一脸惊诧的米尔娜，一副无所谓的样子，接着说："啊，从坟墓里出来了，怕你多心，还带来一个朋友。"

☆屋里的灯亮了，站在她面前的原来是吉斯。吉斯笑着对米尔娜
　说："小天使，看到我你不高兴？"米尔娜疑惑地问："吉斯，
　你还活着？"吉斯风趣地说："啊，从坟墓里出来了，怕你多
　心，还带来一个朋友。"

☆朝吉斯手指的方向，米尔娜才看见皮劳特坐在沙发上。米尔娜
　走过去，假装糊涂地问："皮劳特，怎么回事？你说过的，吉
　斯是叛徒？"

　　说完吉斯面带微笑看着米尔娜，并朝着前面指了指，米尔娜转过身来，朝着吉斯手指的方向看去，米尔娜看见皮劳特正一脸严肃地坐在沙发上。米尔娜此时的情绪已经稳定了下来，只见她看着皮劳特，慢慢地朝着皮劳特走过去，并假装糊涂地问道："皮劳特，怎么回事？你说过的，吉斯是叛徒？"

　　见米尔娜朝着自己走来，皮劳特也从沙发上站了起来。面对米尔娜的质问，皮劳特看着米尔娜，一脸严肃地说："那是为了对付你们的圈套，才这样说的。我可以告诉你，你的一切我们已经完全弄清楚了，去年你被铺了，盖世太保收买了你，你帮助一个德国间谍冒充瓦尔特，混进了我们的队伍，你是一个叛徒。"

　　☆皮劳特说："那是为了对付你们的圈套，才这样说的。我可以告诉你，你的一切我们已经完全弄清楚了，去年你被捕了，盖世太保收买了你，你帮助一个德国间谍冒充瓦尔特，混进了我们的队伍，你是一个叛徒。"

　　皮劳特在之前已经把自己调查清楚的所有事情告诉了吉斯，并让他帮自己演了这样一出戏。当吉斯知道这样的真实情况后，心里非常气愤，想马上找米尔娜问清楚，并要亲自处理掉米尔娜。皮劳特当时告诉他，现在还不是收拾米尔娜的时候，并且最后皮劳特答应吉斯，一定让吉斯亲自抓住米尔娜。吉斯这时看着米尔娜气愤地说："你还故意把我说成叛徒，你以为瓦尔特会上你的当吗？我要揍死你！"

☆吉斯气愤地说:"你还把我说成叛徒,你以为瓦尔特会上你的当吗?我要揍死你!"

吉斯想到了那些死去的战友,越想越气愤,看着米尔娜,愤怒地说:"为布兰克、为蒂娜、为布尔吉、为所有被你杀害的人、被你出卖的人!"吉斯说着哽咽了起来,抡起了胳膊使劲地扇着米尔娜耳光,越打越气愤。

☆"为布兰克、为蒂娜、为布尔吉、为所有被你杀害的人、被你出卖的人!"吉斯抡起了胳膊使劲扇米尔娜的耳光,越打越气愤,直到皮劳特劝他才住手。

皮劳特上前拉住愤怒的吉斯说:"行了!"

吉斯这才住手了。吉斯双眼噙着泪水，愤怒地看着米尔娜。

米尔娜看着愤怒的吉斯，没有一点还手之力，只见她像一条癞皮狗一样看着吉斯哭诉着："我只能这样，我没有别的办法，没有办法，没有办法啊！他们把我折磨得要死，我又死不了，我受不了了！"

☆米尔娜像个癞皮狗一样哭诉着："我只能这样，我没有别的办法，他们把我折磨得要死，我又死不了，我受不了了！"

"就是男人——男人也受不了，没有办法啊！"米尔娜哭着瘫倒在地上。米尔娜觉得这样可以博得吉斯的同情，可是她想错了，她的这些伎俩和自己已经死去的战友相比，差得太远了。

任凭米尔娜在地上怎么哭喊，吉斯都无动于衷。吉斯看着米尔娜，一字一句地说："你的眼泪是骗不了人的。"吉斯再也控制不住自己的眼泪，他的眼泪是为了自己失去的那些战友而流。

米尔娜趴在地上抽泣着，听了吉斯这么说话，微微抬起头来，看着吉斯依旧哭泣着说："他们逼着我这样，我没有别的选择。"

皮劳特在吉斯的身后站着，听着米尔娜说到这里，看着还趴在地上哭泣着的米尔娜说："现在你可以选择。"

米尔娜听皮劳特这么说，她的心里很明白皮劳特的这句话意味着什么，只见她慢慢地爬起来，哭丧着脸看着皮劳特哀求道："我会的，我什么都能做，只要你们能保护我。"说着米尔娜扶着墙慢慢地站了起来。

吉斯看着米尔娜，眼里噙着眼泪说："只能在你脖子上套根绳子。"

☆ "就是男人也受不了，没有办法啊！" 米尔娜哭着瘫倒在地上。吉斯说："你的眼泪是骗不了人的。" "他们逼着我这样，我没有别的选择。"

米尔娜依旧哽咽着哀求道："能帮助我吗，如果我为你们工作？"

☆ 皮劳特接过话说："现在你可以选择。" 米尔娜慢慢爬起来，哭丧着脸哀求道："我什么都能做，只要你们能保护我。" 吉斯说："只能在你脖子上套根绳子。" "能帮助我吗，如果我为你们工作？"

皮劳特朝前走了几步，双手背在身后，一脸严肃地说："很难说，恐怕改变不了什么了，不过很值得试一试。"

红色经典电影阅读

第八章

击毙特务康德尔

米尔娜是个很精明的女人，听到皮劳特这么说，就已经知道自己还是有机会的，只见她扶着墙的手放了下来，慢慢地朝着皮劳特靠近了几步，赶紧问道："我该做什么？"

　　皮劳特这时转过脸来，一脸严肃地看着她问道："你和假瓦尔特在哪儿见面？"说完，皮劳特转过身来，正对米尔娜。

　　☆皮劳特说："很难说，恐怕改变不了什么了，不过，很值得试一试。"米尔娜赶紧问道："我该做什么？""你和假瓦尔特在哪儿见面？""在破砖窑。"

　　米尔娜很清楚自己要是不说出真实的地点来，后果将是什么。米尔娜稍微思考了一下，才对皮劳特说："在破砖窑。"

　　皮劳特走到安装有发报机的衣架前，把衣架上穿着的衣服拿掉，打开衣架，从里面取出发报机的耳机，交给米尔娜。皮劳特说："请求和你主子见面，就说有关瓦尔特的重要情报要汇报。"

　　米尔娜此刻没有任何办法，只好从皮劳特的手里接过耳机，现

☆皮劳特走到安装有发报机的衣架前，从里面取出发报机的耳机，交给米尔娜："请求和你主子见面，就说有关于瓦尔特的重要情报要汇报。"

在自己唯一能做的就是按照皮劳特的吩咐去做。

等米尔娜拿着耳机坐下来，这时吉斯站在一边看着米尔娜，一脸严肃地说："想好了干什么，这可不是开玩笑的。"

米尔娜没有说话，看了看吉斯，戴上耳机。

皮劳特把话筒递到了她的面前。

米尔娜随后对着话筒说："米尔娜呼叫康德尔！米尔娜呼叫康德尔！"

米尔娜刚刚说完，对方就已经回话："康德尔不在，我负责帮助你转达，你说吧。"

米尔娜继续说："有关瓦尔特的重要情报！重复一遍：有关瓦尔特的重要情报要汇报！"

一直拿着话筒的皮劳特对米尔娜说："告诉他，过一小时你在砖窑等他。"

听了皮劳特的话，米尔娜向对方说："告诉他，过一小时后我在砖窑等他。重复一遍：过一小时我在砖窑等他。"说完，米尔娜挂上了发报机。

接到米尔娜的情报，康德尔和另外两个特务斯纳克和皮萨威驱车来到破砖窑，却没有看到米尔娜。狡猾的康德尔并没有下车。

☆米尔娜按照皮劳特所说的，和康德尔通话，要向他汇报有关瓦尔特的重要情报，过一小时在砖窑等他。

☆接到米尔娜的情报，康德尔和另外两个特务斯纳克和皮萨威驱车来到破砖窑，没看到米尔娜，狡猾的康德尔没有下车，命令司机亮车灯打信号。

　　特务斯纳克看了看四周，见没有米尔娜的身影，只得对康德尔说："她没有来。"

　　康德尔也在观察着四周的情况，已经等了一会儿了，还看不见米尔娜出现，他以为米尔娜现在是在某个隐蔽的地方藏着呢，就说："给信号。"

　　皮劳特、苏里和吉斯押着米尔娜正在暗处躲着，观察着敌人的动静。

☆这时，皮劳特、苏里和吉斯押着米尔娜躲在暗处，观察着敌人的动静。

康德尔给米尔娜发出了信号。

听到了康德尔发出来的信号，米尔娜朝着身后站着的皮劳特看了看。皮劳特为了把康德尔引出来，对米尔娜说："出去！让他们过来！"

米尔娜朝皮劳特看了看，就朝着汽车走了几步，但是马上又停了下来。

等米尔娜走出去，皮劳特和吉斯都隐藏了起来。

斯纳克看到了米尔娜，见她没有走出来几步就又停住了，就看着康德尔说："她怎么没有过来？"

康德尔很狡猾，仿佛感觉到了什么，就命令特务皮萨威："先下车去看看，出了什么事？"

皮萨威的双手插在大衣的兜里，手里在攥着手枪，一旦有什么情况发生，自己好能及时地把兜里的手枪拿出来。皮萨威的脸色十分沉重，只见他一步一步地朝着米尔娜走来，慢慢地走到米尔娜的跟前，装作不动声色地说："一切都顺利吗？"

米尔娜此时的心情十分复杂，但是皮劳特和吉斯都警告过她，她只有硬着头皮撑下去。对于米尔娜来说，两边的人都不敢得罪，而且是得罪不起的。她知道，皮劳特就站在离自己不远处，在密切注视着自己的一举一动。

☆皮劳特为了把康德尔引出来，让米尔娜走过去，米尔娜朝汽车那走了几步就停了下来。康德尔很狡猾，命令特务皮萨威："先下车去看看，出了什么事?"

☆皮萨威手插在大衣兜里，攥着手枪，慢慢走到米尔娜跟前问道："一切都顺利吗?"米尔娜战战兢兢地对皮萨威说："是。"

　　米尔娜看了看皮萨威，可她的眼神确实和之前是不一样的。她战战兢兢地对皮萨威说："是。"

　　虽然看到了米尔娜眼神的不对劲，但是皮萨威还是没有发现这其中的破绽。

　　皮萨威转身，朝着还在车上坐着的康德尔扬了扬手，大声地喊道："过来吧！没事儿!"康德尔听到了皮萨威的喊声，也以为是真的没事了，正准备下来。米尔娜现在心里十分清楚，康德尔下车后会发生什么事。

可就在这时，米尔娜突然边喊边朝着汽车跑去："别过来！别过来！"

☆皮萨威转身招呼康德尔："过来吧！没事儿！"可这时米尔娜突然边喊边朝着汽车跑去："别过来！别过来！"皮萨威转身也要跑，皮劳特举枪将他击毙。

经米尔娜这么一喊，皮萨威意识到事情已经发生了变化，而且已经是很严重了。皮萨威转身也要跑，可是皮劳特已经站在了他的不远处，举起枪就把皮萨威给击毙了。

康德尔看着朝他快步跑来的米尔娜，知道事情不妙。康德尔赶紧对斯纳克说："快走！"

斯纳克还有点舍不得扔下自己的同伴，听到康德尔的命令，斯纳克连忙问："他们怎么办？"

康德尔看着坐在司机位置上的斯纳克大声命令道："快走！"

斯纳克没有办法，这是上级的命令。他只好把朝着自己跑过来的米尔娜和倒在皮劳特手枪下的皮萨威给扔下，启动了汽车的发动机，使劲一踩油门，车子以飞快的速度冲出去了。

康德尔现在是急于逃命，如果他再等下去，那么他的命也许就保不住了。

马上就要跑到汽车跟前的米尔娜，看到车子快速开走了，立刻

☆康德尔看着朝他跑来的米尔娜，知道事情不好，命令斯纳克赶
　紧开车逃命。

加快了速度，在汽车的后面拼命地追赶。她一边追赶，还一边不停
地大声地喊道："等一等！等一等！停一下！康德尔！别开车！把我
也带走！"

　　看米尔娜还一直在后面追着车子跑，康德尔把身子探出了车窗
的外面，同时手里也拿出了枪，朝着奔着自己来的米尔娜连续开枪
射击。

☆米尔娜在后面拼命追赶，大声喊着："等一等！等一等！停一
　下！康德尔！别开车！把我也带走！"康德尔把身子探出车窗，
　向米尔娜连续射击。

　　米尔娜被康德尔的子弹击中了，她挣扎着倒在了地上，这个死心塌地地追随德国法西斯的叛徒得到了应有的下场。米尔娜在最后决定通知康德尔在附近有游击队埋伏的时候，她自己也没有想到会得到这样的下场，更不会想到是康德尔亲自对着自己开的枪。是啊！德国法西斯就是这样对待自己的战友的，只要你对他稍微有一点儿不利，那么他就会毫不手软地把你置于死地。如果米尔娜好好遵守和皮劳特的约定，按照皮劳特的吩咐认真地完成交给她的任务，也

☆米尔娜被康德尔的子弹击中了，挣扎着倒在了地上，这个死心
　塌地追随德国法西斯的叛徒得到了应有的下场。

☆康德尔和特务斯纳克驾着车仓皇逃命，皮劳特、苏里和吉斯勇
　猛追击，汽车被击中撞在窑壁上，轰隆一声，爆炸起火，康德
　尔和斯纳克跳出汽车，向游击队员们开枪还击。

许她不会落到这样的下场。当然，米尔娜有今天这样的下场，也是她罪有应得。

康德尔和特务斯纳克驾着车仓皇逃命，皮劳特、苏里和吉斯此时正在勇猛地追击着载有康德尔和特务的汽车。康德尔还不时地朝着追过来的游击队员们进行着射击，斯纳克拼命地朝着前面开着汽车。汽车被直追不舍的游击队员们击中了，一摇晃，直接撞在了路边的窑壁上，汽车随即轰隆一声，爆炸起火。

康德尔和斯纳克没有办法了，只得赶紧跳出了汽车，这也是为了逃命。

逃出了汽车，康德尔和斯纳克就要面对游击队员们的追击了，他们赶紧端着枪，向朝着他们追过来的游击队员们开枪还击了。

在破窑场里，双方展开了激烈的枪战，康德尔和斯纳克面对着游击队员们的猛烈追击，只有边还击边逃跑。他们从一个窑口转向另一个窑口，游击队员们紧追不舍。康德尔和斯纳克这时只有逃跑的力气，根本就没有力气再还击了。这不，斯纳克刚站在一棵树的后面，准备稍微地喘口气，但是被眼疾手快的吉斯猛地一个点射，特务斯纳克就这样被吉斯打死了。

☆在破窑场里，双方展开了激烈的枪战，特务斯纳克被吉斯打死。

枪战一直持续到天亮，康德尔现在根本就无心恋战，他仓皇逃命，爬上了破砖窑后面的土山，皮劳特在后面紧追不舍。

康德尔跑在前面，转身看到了就要追上自己的皮劳特，他使劲

☆枪战一直持续到天亮，康德尔无心恋战，仓皇逃命，他爬上了
破砖窑后面的土山，皮劳特在后面紧追。

地抠动手枪的扳机，向皮劳特射击，可是无论如何康德尔的手枪也
打不出子弹了，因为他的子弹已经用完了。

☆康德尔跑在前面，回身用脚踹下一个大土块，想阻止皮劳特上
来，被皮劳特机警地躲过。

康德尔见皮劳特上来了，转身抬脚朝着皮劳特的手上使劲地踹
着，这时皮劳特的手一抬，康德尔没有踹上，皮劳特一翻手一把拉
住了康德尔的脚，使劲一转手，康德尔被转倒在地上。皮劳特这时
已经从下面一跃身，爬到了上面，冲上去和康德尔展开了激烈的搏

斗。凶残的康德尔知道自己不是皮劳特的对手，只见他赶紧掏出了自己身上备好的匕首，朝着皮劳特猛烈地刺去，皮劳特眼疾手快，飞起一脚踢掉了康德尔手中的匕首。

☆皮劳特甩掉上衣，冲上去和康德尔展开了激烈的搏斗，凶残的康
　德尔掏出匕首，刺向皮劳特，皮劳特一闪身，飞起一脚踢掉匕首。

又经过几个回合的艰苦搏斗，康德尔被皮劳特击倒了，像个皮球似的滚下了大土山。

☆又经过几个回合的艰苦搏斗，康德尔被皮劳特击倒，像个皮球似
　的滚下了大土山。

　　苏里和吉斯也快速地朝着大土山赶过来，康德尔刚好滚到山脚下，撞上了他们。康德尔本来以为自己总算逃过来了，谁知道爬起来正要逃跑时，吉斯的冲锋枪已经对准了康德尔。

　　康德尔看到这样的情景，惊吓得赶紧后退了几步。康德尔惊恐地看着他们俩，连忙说："别！等一等！吉斯！不要开枪！让我来解释！"

☆这时，苏里和吉斯也快速地赶过来，康德尔刚好滚到山脚下，
　爬起来正要逃跑，吉斯的冲锋枪已对准了康德尔。康德尔惊恐
　万分："别！等一等！吉斯！不要开枪！让我来解释！"他的话
　音没落，吉斯那仇恨的子弹已经冲出了枪膛。

☆嗒！嗒！嗒！一梭子又一梭子子弹射向康德尔，这个冒充瓦尔
　特的阴险狠毒的德国法西斯匪徒得到了应有的下场。

没等康德尔的话音落地，吉斯那仇恨的子弹已经冲出了枪膛。

康德尔倒在了水里，只见他还是不死心，挣扎着还想站起来，吉斯对着他又开了几枪。"嗒！嗒！嗒！"一梭子又一梭子子弹射向了康德尔，这个冒充瓦尔特的阴险狠毒的德国法西斯匪徒得到了应有的下场。

德寇 A 军团装甲部队正在向维榭格拉特挺进。

☆德寇 A 军团装甲部队正在向维榭格拉特挺进。

正在这时，一辆德军吉普车开过来了，停在了路边，副官休伯特跑过来向指挥官汪施道夫上校报告。

汪施道夫上校站在吉普车上，看休伯特过来了，站起来问道："一切都正常吗，休伯特？"

休伯特连忙回答："是的，上校。"

上校汪施道夫命令休伯特："通知冯·迪特里施，我们已经到达。'劳费尔行动'计划已经开始了。"

听完上校汪施道夫的命令，休伯特赶紧执行去了。

德军装甲部队到达维榭格拉特以后，"劳费尔行动"就开始了。在萨拉热窝火车站，到处都是伤员。军列正在装运伤员，哈根中校这时来见冯·迪特里施："救护队已经开始运伤员了，上校先生。"

☆一辆德军吉普车停在路边，副官休伯特跑来向指挥官汪施道夫上校报告。上校问："一切都正常吗？"休伯特回答："是的。"

☆上校汪施道夫命令休伯特："通知冯·迪特里施，我们已经到达。"

冯·迪特里施看了一下四周，看到站台上到处是来回走动着的伤员，就微笑着对哈根中校说："我看士气还不错嘛。"

哈根中校听了以后，点了点头，朝着四周的伤员看了看，叹了一口气，感慨地说："是啊！伤员们还真以为送他们回家呢。"

冯·迪特里施上校听了哈根中校说的话以后，接着说："士兵们的命运是经常变化的，哈根先生，在这次战争中他们也不是第一次受骗了。"

— 167 —

☆德军装甲部队到达维榭格拉特以后，"劳费尔行动"就开始了。在萨拉热窝火车站，军列正在装运伤员，哈根中校来见冯·迪特里施："救护队已经开始运伤员了，上校先生。""我看士气还不错嘛。"哈根中校又说："是啊！伤员们还真以为送他们回家呢。"

☆上校冯·迪特里施说："士兵们的命运是经常变化的，在这次战争中他们也不是第一次受骗了。"

　　哈根中校听了冯·迪特里施上校说的话，又看着他那很得意的神情，接着说："我觉得完全可以不这样做，这段铁路线是很安全的，比肖夫说萨拉热窝的游击队组织已经完全被我们破坏了，我认为他们是不会袭击我们的。"

　　冯·迪特里施上校并不同意哈根中校的意见。他等哈根中校说完，说出了自己的想法："我从来不根据推断和假设办事，我不喜欢

☆哈根说："我觉得完全可以不这样做，这段铁路线是很安全的，比肖夫说萨拉热窝的游击队组织已经完全被我们破坏了，我认为他们是不会袭击我们的。"

冒险，我们现在这样做是百分之百的安全。"

比肖夫也不同意哈根中校的说法。他顺着冯·迪特里施上校的话说："真是太好了，运伤员的列车是不会被袭击的。"

☆冯·迪特里施不同意哈根的意见："我从来不根据推断和假设办事，我不喜欢冒险，我们现在这样做是百分之百的安全。"
比肖夫也说："真是太好了，运伤员的列车是不会被袭击的。"

冯·迪特里施上校看了看哈根中校，问："火车什么时候能够开出？"

哈根中校立刻回答："大概十点钟。"

冯·迪特里施上校不太满意哈根中校的回答。他一边走一边对哈根中校说："哈根先生，做什么事情都要有精确的时间，列车必须在十点二十分到达油库。"

☆上校问哈根："火车什么时候开出？"哈根回答："大概十点
钟。"上校不太满意哈根的回答，对他说："做什么事情都要有
精确的时间，列车必须在十点二十分到达油库。"哈根保证十
点钟准时发车。

哈根中校点了点头说："是，上校先生。"

哈根中校停下来，对着冯·迪特里施上校认真地说："我们十点钟准时发车。"

冯·迪特里施上校这才点了点头，和比肖夫走了。

冯·迪特里施上校和比肖夫走出车站。冯·迪特里施转身问比肖夫："比肖夫，康德尔有什么消息吗？"

比肖夫连忙答道："没有。"

冯·迪特里施上校听了以后，没有说话，随后比肖夫又接着说："从昨天晚上就没有消息了，他会不会出事了？"

冯·迪特里施上校这时转过身来，看着比肖夫说："嗯！完全可能。"

比肖夫看着冯·迪特里施上校接着问道："怎么办？"

冯·迪特里施上校接着说："不用管他，比肖夫，我们顾不上康

☆冯·迪特里施和比肖夫走出车站，冯·迪特里施问："比肖夫，康德尔有什么消息吗？""从昨天晚上就没有消息了，他会不会出事了？"

德尔，现在已经不重要了，现在重要的是油。"他一边说着一边上了汽车，并且对比肖夫说："我现在坐汽车到油库，你和列车一起来，十点二十分准时在油库等你。"

☆冯·迪特里施说："完全可能，不用管他，我们顾不上康德尔，他现在已经不重要了，现在重要的是油。"他边上汽车，边对比肖夫说："我现在坐汽车到油库，你和列车一起来，十点二十分准时在油库等你。"说完开车走了。

冯·迪特里施上车以后，就催促司机立刻开车走了。

为了摸清敌人的动向，游击队员马利施来到车站，手里提着一个饭盒，借着给调度员兰克斯送饭的机会，和兰克斯碰头，了解情况。

☆为了摸清敌人的动向，游击队员马利施来到车站，手提着饭盒，借着给调度员兰克斯送饭的机会，和兰克斯碰头，了解情况。

马利施走进兰克斯的办公室，和兰克斯的同事热情地招呼道："你好！"

兰克斯的同事听到和自己打招呼的声音后，抬起来，也和马利施热情地招呼道："你好。"

马利施把饭盒放在了兰克斯的面前。兰克斯的同事也来到他们面前，问道："带的什么好吃的？"

马利施笑了笑说："是青菜。"

兰克斯的同事趴在马利施打开的饭盒上看着，并吹了口气。

兰克斯站起来，拿着饭盒进里面吃去了。

兰克斯的同事看了看马利施，关切地问道："学校怎么样？"

马利施说："学校啊，都挺好的。"随后两人互相寒暄着。

兰克斯对马利施说："马利施过来，帮我一下。"

马利施随后和兰克斯的同事打完招呼后，就来到了兰克斯的面前。

兰克斯告诉马利施："20节车厢，机务组的人都是德国士兵，司机的名字叫做勒纳特，什么时候开车我不知道，如果方向不变，从

☆兰克斯告诉马利施："20 节车厢，机务组的人都是德国士兵，
司机的名字叫做勒纳特，什么时候开车我不知道，如果方向不
变，从这儿开出以后 18 分钟列车将通过比斯特里克。"

这儿开出以后 18 分钟列车将通过比斯特里克。"

马利施听了心中立刻一动，说："18 分钟？"

兰克斯点了点头说："嗯。千万别忘了，18 分钟。"

正在此时，德国中尉辛德勒拿起了电话，对电话那头大声地说：
"我找你们的值班员。"

☆这时，德国中尉辛德勒找他们的值班员："我需要 15 辆卡车，
要在十一点半之前赶到油库。"值班员问："需不需要武装人员
护送？""不需要，我们不是去运油的。"值班员还要打听，中
尉让他不要管闲事，赶紧挂了电话。

电话的那头很快有值班员来接电话。辛德勒在电话中命令道："喂，我是辛德勒。我需要 15 辆卡车。"

值班员问："马上要吗?"

需要辛德勒说："我执行特殊任务，我要在十一点半之前赶到油库。"

值班员接着问道："需不需要武装人员护送?"

辛德勒说："不，不需要，我们不是去运油的。"

值班员又问："你干什么?"

辛德勒说："我说你别管那么多事好不好? 再见!"

值班员还要打听，中尉说完让他不要多管闲事以后，赶紧挂上了电话。

十点整，运送伤员的列车准时开出车站。

☆十点整，运送伤员的列车准时开出车站。

调度员兰克斯看到列车开出，赶紧写了个纸条，夹在钱里，把凯姆叫过来，让他去买份报。

凯姆来到报亭，对售报员说："调度员让我来买份报纸。"说完，凯姆把夹在钱里的纸条递给了卖报员。

卖报员拿了一份报纸递给凯姆说："给你报纸。"

凯姆拿着报纸转身走了。

卖报员马上告诉站在外面的游击队员耶斯："告诉他们火车十点钟准时开出。"

☆调度员兰克斯看到列车开出，赶紧写了个纸条，夹在钱里，把
　凯姆叫过来，让他去买份报。

☆凯姆来到报亭，假装买报，把夹在钱里的纸条递给卖报员，凯
　姆拿了一份报纸走了，卖报员马上告诉站在外边的游击队员耶
　斯："告诉他们火车十点钟准时开出。"

　　十点十八分，运伤员的列车没有经过比斯特里克车站，车站值
班员马上给皮劳特打电话报告。

　　皮劳特、伊万和苏里都聚集在医生家里，听到这个消息，赶紧
进行分析。

　　医生接完电话以后，赶紧对大家说："列车没有通过比斯特里克
车站。"

☆十点十八分，运伤员的列车没有经过比斯特里克车站，车站值班员马
上给皮劳特打电话报告。

伊万说："那它能开到哪里去了呢？"

皮劳特听了以后，说："离比斯特里克3公里，另有一条通向油
库的铁路。"

苏里从口袋里掏出一张纸，打开说："咱们再来核对一下辛德勒
的电话记录。"

☆皮劳特、伊万和苏里都聚集在医生家里，听到这个消息，赶紧进行分析。
皮劳特说："离比斯特里克3公里，另有一条通向油库的铁路。"苏里从
口袋里掏出一张纸说："咱们再来核对一下辛德勒的电话记录。"

皮劳特看了一下电话记录后，说："卡车将在十一点半到达油库，它的任务不是运油。"

苏里想了一下，疑惑地问道："去运伤员？"

皮劳特点点头，说："对了，火车运伤员是骗人的，用卡车把伤员拉回来，再把火车开到油库去装油，用油支援 A 军团的装甲部队，这就是所谓的'劳费尔行动'。"

☆皮劳特看了一下电话记录："卡车将在十一点半到达油库，它的任务不是运油。"苏里疑惑地问："去运伤员？"皮劳特："对了，火车运伤员是骗人的，用卡车把伤员拉回来，再把火车开到油库去装油，用油支援 A 军团的装甲部队，这就是所谓的'劳费尔行动'。"

拉伤员的列车在十一点半准时到达油库附近的一个小车站。

☆拉伤员的列车在十一点半准时到达油库附近的一个小车站。

哈根中校这时走下列车，向等在这里的冯·迪特里施报告："1267号运伤员的列车准时到达。"

　　冯·迪特里施上校听了以后，看了看自己手腕上的手表，这才说："用25分钟的时间让伤员都下来，运油的列车必须在一小时内发车，你和伤员一起留下。"

☆哈根中校走下列车，向等在这里的冯·迪特里施报告："1267号运伤员的列车准时到达。"

☆冯·迪特里施对他说："用25分钟的时间让伤员都下来，运油的列车必须在一小时内发车，你和伤员一起留下。"哈根："我以极不赞成的心情执行您的命令。""别太感情用事了，我现在感兴趣的不是伤员而是燃料。"

哈根中校听了以后，很不情愿地说："我以极不赞成的心情执行您的命令。上校先生。"

冯·迪特里施上校听哈根中校这么说，有点儿不高兴了。于是，他严肃地说："别太感情用事了，我现在感兴趣的不是伤员而是燃料。请你执行我的命令。"

听冯·迪特里施上校说完，哈根上校没有再说话，就执行命令去了。

哈根中校走到列车跟前，喊道："把车厢门打开，让伤员都下车。"

☆哈根中校命令部下把车门打开，让伤员都下车。

☆比肖夫低头看了看表，对冯·迪特里施说："再有5分钟辛德勒的汽车就要到了。"

比肖夫低头看了看手表，对冯·迪特里施上校说："再有五分钟辛德勒的汽车就要到了。"

德军的卡车正在开往油库的路上，巴克和马利施带领游击队员在这里设了路障，巴克装扮成德国士兵上前拦住了卡车："站住！快停车！"

☆德军的卡车正在开往油库的路上，巴克和马利施带领游击队员在这里设了路障，巴克装扮成德国士兵上前拦住了卡车："站住！快停车！"

德军中尉辛德勒打开车门，探出身子大声问道："这儿怎么了？"

巴克告诉他："这段路坏了，我们正在修呢。"

☆德军中尉辛德勒打开车门，探出身子大声问道："这儿怎么了？"巴克告诉他："这段路坏了，我们正在修呢。"

辛德勒中尉大声喊着："我们要过去，有紧急任务！"

巴克听了以后，说："好，开慢一点儿，请千万注意要保持一定的距离。"

☆中尉辛德勒大声喊着："我们要过去，有紧急任务！"巴克说："好，开慢一点儿，请千万注意要保持一定的距离。"

辛德勒朝着后面喊道："注意保持一定的距离。"随后，他就开着车慢慢地行驶过去了。

皮劳特、苏里和吉斯化装成德军的卡车司机，埋伏在路边的山坡上。

☆皮劳特、苏里和吉斯化装成德寇卡车司机，埋伏在路边的山坡上。

当最后一辆卡车开过来时，皮劳特他们包围了卡车，把车上的德军司机赶下车，交给马利施押走了。

☆当最后一辆卡车开过来时，皮劳特他们包围了卡车，把车上的德军司机赶下车，交给马利施押走。

皮劳特、苏里和吉斯上了车，由皮劳特驾驶。吉斯显得特别兴奋。

公路上的游击队员见皮劳特驾驶的车行驶过去了，就喊道："同志们，走了。"于是，游击队员们扛着工具高高兴兴地回去了。

卡车开了一段路，停下来了。

吉斯焦急地问道："走得太慢了，干什么？"

苏里说："这怎么能看得见。"、

吉斯看着苏里问道："瓦尔特常常说这句话。"

苏里说："你怎么知道？"

皮劳特说："我告诉他的。"

吉斯看了看皮劳特说："你就告诉我这一句。"

吉斯又看了看苏里问："苏里，瓦尔特什么样？"

苏里说："没有什么特别的。"

吉斯接着又问："很漂亮吗？"

苏里不置可否地说："反正不是我这样。"

☆皮劳特、苏里和吉斯上了卡车，由皮劳特驾驶，吉斯显得特别兴奋，他问苏里："瓦尔特什么样?"苏里说："没什么特别的。"吉斯又问："很漂亮吗?""反正不是我这样。"

吉斯接着又问："他很精明吗?"
皮劳特瞅了瞅吉斯说："他要精明就不带你来干这个了。"
吉斯说："还说过，我很了不起，给他说过吧。"
皮劳特笑了笑说："对不起，我忘了说了。"
吉斯想了想说："还是我自己给他说吧，好吗，苏里?"

☆吉斯又问："很精明吗?"皮劳特接话说："他要精明就不带你来干这个了。"吉斯又对皮劳特说："皮劳特，你一定给我介绍瓦尔特认识。"皮劳特说："我答应你，吉斯。""别骗我。"

苏里笑着说："你的这个主意倒是不错。"

吉斯又对皮劳特说："皮劳特，你一定给我介绍瓦尔特认识。"

皮劳特点了点头说："我答应你，吉斯。"

吉斯看着皮劳特认真地说："别骗我。"

前方有德军设立的卡哨，每辆车都要停车检查。

皮劳特悄悄地告诉吉斯和苏里："快把枪准备好，注意！"

☆前方德军设卡，每辆车都要停车检查。皮劳特告诉他俩："快把枪准备好，注意！"

☆卡车被拦住，德国士兵命令他们下车："把枪交出来！快点儿！"皮劳特问："为什么缴我们的枪啊？我们是司机呀！"德国士兵："你就是将军也一样。"然后又让他们举手，检查身上有没有火柴和打火机，检查完了才放行。

在卡哨前面，皮劳特他们的卡车被拦住。

德国士兵命令他们下车："把枪交出来！快点儿！"

皮劳特把枪递了过去，问道："为什么缴我们的枪啊？"

德国士兵严肃地说："这是命令。"

皮劳特有一些气愤地说："我们是司机呀！"

德国士兵表情冷漠地说："你就是将军也一样。"

德军士兵又命令道："把手举起来。"

皮劳特他们只得把手举了起来。

德国士兵问道："身上有火柴和打火机吗？"说完德国士兵开始检查他们身上有没有火柴和打火机，检查完了才放行。

皮劳特他们跟随德国士兵的车队来到车站，站下到处都是伤员，横七竖八地躺着一地。皮劳特3人穿过人群，到火车头那儿找火车司机。

☆皮劳特他们跟随德国士兵的车队来到车站，站下到处都是伤员，横七竖八地躺满一地。皮劳特3人穿过人群，到火车头那儿找火车司机。

皮劳特来到机车前，3个司机正在擦车，他喊了一声："勒纳特！"

一个德军司机站起来，立正回答："是我。"

皮劳特对他说:"站长叫你,3个人都去,跟我来。"

☆皮劳特来到机车前,3个司机正在擦车,他喊了一声:"勒纳特!"
一个德国司机站起来,立正回答:"是我。"皮劳特对他说:"站长
叫你,3个人都去,跟我来。"

3个德国司机乖乖地跟着皮劳特向站长室走去。

☆3个德国司机乖乖地跟着皮劳特向站长室走去。

皮劳特把他们带到一间房子里，和早就埋伏在里面的苏里、吉斯一起把德军司机打晕，捆了起来。吉斯一边扒掉司机的军服，一边风趣地说："对不起，借衣服穿穿。"

☆皮劳特把他们带到一间房子里，和早埋伏在里面的苏里、吉斯一起把德国司机打晕，捆了起来，吉斯风趣地说："对不起，借衣服穿穿。"

第十章

合力炸毁运油车

皮劳特他们换上德军司机的服装，从空房子里走出来。皮劳特发现德军上校冯·迪特里施和比肖夫正站在机车旁聊天。

☆皮劳特他们换上德国司机的服装，从空房子里走出来，皮劳特发现德军上校冯·迪特里施和比肖夫正站在机车旁聊天。

☆皮劳特向两人使了一下眼色，径直向前走去，从容地和冯·迪特里施打了招呼，上了机车。

皮劳特向两人使了一个眼色，径直向前走去。他从容地和冯·迪特里施打了个招呼，上了机车。

冯·迪特里施说："这是感情用事。这种人是不会打胜仗的。"

比肖夫听了冯·迪特里施的话，微笑着说："这倒是真的。"

在机车上，吉斯从身上掏出一把手枪对皮劳特说："这是战利品，在司机身上找到的，有3颗子弹。"

☆吉斯从身上掏出一把手枪对皮劳特说："这是战利品，在司机身上找到的，有3颗子弹。"皮劳特让他交给苏里。吉斯说："3颗子弹要对付上百个德国士兵呀！"

☆"哈根先生，车卸得怎么样了？"上校冯·迪特里施向正朝他走来的哈根问道。"全卸完了。"上校又命令哈根："把伤员装上卡车，你必须留在这儿，等火车开走以后才能离开。"接着他又命令比肖夫给开车信号。

皮劳特看了一眼手枪，然后说："把它交给苏里。"

吉斯有一些吃惊地说："3颗子弹要对付上百个德国士兵呀！"

皮劳特点了点头，认真地说："对。"

吉斯还是不敢相信自己的耳朵："就3颗？"

"哈根先生，车卸得怎么样了？"冯·迪特里施上校向正朝着他走来的哈根中校问道。

哈根中校说："全卸完了。"

冯·迪特里施上校接着又命令哈根中校："把伤员装上卡车，你必须留在这儿，等火车开走以后才能离开。"

上校冯·迪特里施有对比肖夫说："给开车信号。"

比肖夫上了火车的车厢，接着把上校冯·迪特里施拉了上来，随后站在车厢的门口朝着前面喊道："开车！"

皮劳特发动了火车，列车缓缓地驶出车站。

☆比肖夫喊了一声："开车！"皮劳特发动了火车，列车缓缓地驶出车站。

皮劳特他们开着列车向油库驶去，最后停在一个大山洞里。

冯·迪特里施上校和比肖夫下了车，来到油库前。油库设在一个山洞里，周围戒备森严，到处都是暗堡和哨兵。冯·迪特里施命

☆皮劳特他们开着列车向油库驶去，最后停在一个大山洞里。

☆上校冯·迪特里施和比肖夫下了车，来到油库前。油库设在一个山洞里，周围戒备森严，到处都是暗堡和哨兵，上校命令打开油库的大门。

令打开油库的大门。

　　皮劳特想下车看看情况，一位德国士兵马上冲着他大声喊道："谁也不准下车！"

　　皮劳特只得赶紧又上了车。苏里和吉斯都很着急，看了看正在从油库运出来的油，问皮劳特："我们进不去，怎么办？"

　　皮劳特则一点儿也不着急，胸有成竹地说："等等看。"

　　冯·迪特里施上校和比肖夫在现场亲自指挥，唯恐有一点儿闪失。

☆皮劳特想下车看看情况，一位德军士兵马上喊道："谁也不准下车！"苏里和吉斯都很着急，问皮劳特："我们进不去，怎么办？"皮劳特胸有成竹地说："等等看。"

☆上校冯·迪特里施和比肖夫在现场亲自指挥，唯恐有一点闪失。

油库里的油用小车一车车地拉出来，再装上火车。

油很快就要装完了，列车的车门一扇扇地关上。

冯·迪特里施上校问比肖夫："还要多长时间？"

比肖夫答道："再有 5 分钟就装完了。"

冯·迪特里施命令比肖夫说："立刻通知汪施道夫上校。"

☆油库里的油用小车一车车地拉出来，再装上火车。

☆油很快就要装完了，列车的车门一扇扇地关上，冯·迪特里施
　问比肖夫："还要多长时间？"比肖夫答道："再有5分钟就装
　完了。"冯·迪特里施命令比肖夫说："通知汪施道夫上校。"

　　在维榭格拉特郊区，德军副官休伯特接到比肖夫的电话，来见汪
施道夫上校："报告上校，冯·迪特里上校通知，火车就要出发了。"

　　汪施道夫上校听了以后，站起来说："很好。"说完汪施道夫和
副官边走着边问道："你知道火车什么时间可以到达？"

　　副官说："最多五个半小时就可以到达，假如在路上不发生什么
意外情况的话。"

　　汪施道夫上校听了以后，不高兴地说："休伯特，请你不要说这

☆在维谢格拉特郊区，德军副官休伯特接到比肖夫的电话，来见汪施道夫上校："报告上校，冯·迪特里施通知，火车就要出发了。"

☆汪施道夫问副官："你知道火车什么时间可以到达？""最多五个半小时就可以到达，假如在路上不发生什么意外情况的话。"
上校不高兴地说："休伯特，请你不要说这种倒霉的假设，任何意外的情况都不会发生的。"

种倒霉的假设，任何意外的情况都不会发生的。"

　　汪施道夫上校继续说："不会的，你要知道，我们必须赶快离开这个地方，你看，我们停在这儿，就像是射击场上的靶子一样，如果现在敌人的飞机来袭击，我们这支光荣的部队就会变成一堆废铁，情况就是这样。"

　　装满油的列车就要驶出油库，由比肖夫亲自押送列车。

☆上校继续说："我们要赶快离开这个地方，你看，我们停在这儿，就像射击场上的靶子一样，如果现在敌人的飞机来袭击，我们这支光荣的部队就会变成一堆废铁，情况就是这样。"

　　冯·迪特里施上校一手策划的"劳费尔行动"就要实现了，他对自己的杰作非常得意，于是对比肖夫说："比肖夫，你代我问候汪施道夫上校，明天我在萨拉热窝等他。"

☆装满油的列车就要驶出油库，由比肖夫亲自押送列车。冯·迪特里施一手策划的"劳费尔行动"就要实现了，他对自己的杰作非常得意，对比肖夫说："你代我问候汪施道夫上校，明天我在萨拉热窝等他。"

☆在火车站的一间屋子内，被皮劳特他们打晕的德军火车司机勒纳
　特渐渐苏醒过来，他挣扎着站起来，用手拧开车站水源的总阀门。

　　在火车站的一间屋子内，被皮劳特他们打晕的德军火车司机勒
纳特渐渐苏醒过来，他挣扎着站起来，用手拧开车站水源的总阀门。

　　站台上的水管哗哗流水，被德军中尉辛德勒发现了，马上命令
士兵进屋其把阀门关上。

☆站台上的水管哗哗流水，被德军中尉辛德勒发现了，马上命令士
　兵进屋把阀门关上。

　　德国士兵跑进屋，被里面的情景吓呆了，3个德国火车司机都被捆
了起来，苏醒过来的勒纳特用微弱的声音在喊着："救命！救命啊！"

☆德国士兵跑进屋，被里边的情景吓呆了，3个德国火车司机都被捆了起来，苏醒过来的勒纳特用微弱的声音在喊着："救命！救命啊！"这下德军全明白了，运油的火车已被游击队控制了。

　　火车站的德军立刻全明白了，运油的火车已经被游击队给控制住了。

　　警笛拉响了！"赶紧把火车截住！警报！"德国士兵乱作一团。

　　哈根中校立刻往比斯特里克车站打电话，声嘶力竭地命令他们："比斯特里克车站，我是哈根中校，赶快把运油的列车截住！"

☆警笛拉响了！"赶紧把火车截住！警报！"德国士兵乱作一团。哈根中校立刻往比斯特里克车站打电话，声嘶力竭地命令他们："赶快把运油的列车截住！"

☆比斯特里克车站的德军接到了电话，赶紧跑到线路上拦截。德军
高喊着："快把火车截住！快！"德军军官站在铁路上向火车摆手，
示意火车停车。

比斯特里克车站的德军接到了电话，赶紧跑到线路上拦截。德
军高喊着："快把火车截住！快！"

德军军官站在铁路上向火车摆手，示意火车停车。

皮劳特看到德军在截车，知道出问题了，立即加足马里，要冲
过去！

☆皮劳特看到德军在截车，知道出问题了，立即加足马力，要冲过
去！

火车鸣笛排气，轰鸣着冲过了比斯特里克车站。

☆火车鸣笛排气，轰鸣着冲过了比斯特里克车站。

一个德国士兵爬上了驾驶室，冲着皮劳特一帮人喊道："怎么回事，让你们停车没有听见吗？"

苏里一拳把那个德国士兵打了下去。

另一边又上来一个德国士兵，看到自己的战友被打了，就大声地喊道："混蛋……"

他的话没有落音，就被吉斯一铁锹拍了下去，滚下了山坡。

☆一个德国士兵爬上了驾驶室："怎么回事，让你们停车没有听见吗？"被苏里一拳打下车。另一边又上来一个德国士兵："混蛋……"话没落音，就被吉斯一铁锹拍了下去，滚下了山坡。

比肖夫看到了这个情况，赶紧对士兵说："赶紧搜查，保住火车。"

☆苏里爬上车顶，用手枪击毙了一个德军，缴获了一把冲锋枪，对
　着车厢里的德军士兵猛烈射击。

苏里对皮劳特说："客人已经走了。"

苏里爬上车顶，用手枪击毙了一个德军，缴获了一把冲锋枪，
对着车厢里的德军士兵进行着猛烈地射击。

苏里打得正欢，突然一个德军士兵从背后抱住他，两人展开肉
搏战，苏里英勇善战，消灭了敌人。

☆苏里打得正欢，突然一个德军士兵从背后抱住他，两人展开肉搏
　战，苏里英勇善战，消灭了敌人。

苏里又缴获了一只冲锋枪，他退回到驾驶室，把枪交给吉斯，两人向从车顶上进攻的敌人进行猛烈射击。

☆苏里又缴获了一只冲锋枪，他退回到驾驶室，把枪交给吉斯，两人向从车顶上进攻的敌人猛烈射击。

又一个德国士兵被苏里和吉斯击中。

☆又一个德国鬼子被苏里和吉斯击中。

皮劳特一边开着机车，一边回头告诉苏里和吉斯："不要过早地把油点着！"

☆皮劳特一边开着机车，一边回头告诉苏里和吉斯："不要过早地
把油点着！"说完对他俩笑了笑。

越过一个山洞，皮劳特发现前方弯道处敌人设了路障，有敌人
在那里埋伏，他招呼苏里和吉斯退到驾驶室里，开足马力冲了过去。

☆越过一个山洞，皮劳特发现前方弯道处敌人设了路障，有敌人在那
里埋伏，他招呼苏里和吉斯退到驾驶室里，开足马力冲了过去。

吉斯看皮劳特冲过了路障，转过身来问皮劳特："一直开到维榭
格拉特？"

皮劳特回答："为什么不呢？我很长时间没有去了。"

吉斯又问："不用炸药能炸吗？"

皮劳特对他笑了笑说："谁活着谁就能看得见。"

☆吉斯问皮劳特："一直开到维谢格拉特?"皮劳特回答："为什么不呢?
我很长时间没去了。"吉斯又问："不用炸药能炸吗?"皮劳特对他笑
了笑说："谁活着谁就能看得见。"

　　皮劳特让吉斯过来驾驶机车，并告诉他："保持原速。"
　　皮劳特接过吉斯手里的冲锋枪，和苏里一道向车顶上冲过来的
敌人进行射击。

☆皮劳特让吉斯驾驶机车，告诉他："保持原速。"他接过吉斯的枪，和
苏里一道向车顶上冲过来的敌人射击。

德国士兵一批批被击倒，滚下车厢。

☆德国士兵一批批被击倒，滚下车厢。

火车正在上坡，皮劳特让苏里掩护他，他下到车厢连接处，摘掉了火车头和车厢连接的挂钩。

☆火车正在上坡，皮劳特让苏里掩护他，他下到车厢连接处，摘掉了火车头和车厢连接的挂钩。

车钩摘开了，火车头继续向前驶去，可车厢开始倒退了。

☆车钩摘开了，火车头继续向前驶去，可车厢开始倒退了。

比肖夫发现车厢从坡道上滑下来了，急得像热锅上的蚂蚁，拼命地叫喊："刹车！快刹车！"他用手去摇车闸，可无济于事。

☆比肖夫发现车厢从坡道上滑下来了，急得像热锅上的蚂蚁，拼命地叫喊："刹车！快刹车！"他用手去摇车闸，可无济于事。

皮劳特他们驾驶的机车已经爬到最高点，3人跳下机车。机车在无人驾驶的情况下，以越来越快的速度向回滑，直向装满油的车厢撞去。

☆皮劳特他们驾驶的机车已经爬到最高点，3人跳下机车，机车
在无人驾驶的情况下，以越来越快的速度向回滑，直向装满油
的车厢撞去。

　　比肖夫刚刚拧紧手刹，列车缓缓地停下来，他伸头一看，不禁
大惊失声："赶快松闸！"然而，一切都太晚了！机车已经近在咫
尺……比肖夫呆若木鸡，绝望地闭上了眼睛。

☆比肖夫刚刚拧紧手刹，列车缓缓地停下来，他伸头一看，不禁
大惊失声："赶快松闸！"然而，一切都太晚了！机车已经近在
咫尺……比肖夫呆若木鸡，绝望地闭上眼睛。

　　只听见轰隆一声巨响，机车撞上了装满油的车厢，紧接着是山
崩地裂的爆炸声，霎时间烈火卷着浓烟直冲云霄。车厢和油桶爆炸

着火，滚下山坡。一整列运油的列车就这样被彻底炸毁。

☆只听轰隆一声巨响，机车撞上了装满油的车厢，紧接着是山崩地
裂的爆炸声，霎时间烈火卷着浓烟直冲云霄。车厢和油桶爆炸着
火，滚下山坡。一整列运油的列车就这样被彻底炸毁。

德军的"劳费尔行动"被彻底粉碎了。胜利了！皮劳特、苏里
和吉斯爬上山坡，看着燃烧的列车。

吉斯向皮劳特问道："皮劳特，您答应我的事还没有办呢。"

☆德军的"劳费尔行动"被彻底粉碎了。胜利了！皮劳特、苏里和
吉斯爬上山坡，看着燃烧的列车，吉斯向皮劳特问道："皮劳特，
您答应我的事还没有办呢。"

☆皮劳特正向山下走去，停住了脚步，回头对吉斯说："我是守信用的。""别哄我了，我今天就要见到瓦尔特。"苏里兴奋地指着皮劳特对吉斯说："这不是吗，就在你的眼前。"

皮劳特正向山下走去，停住了脚步，回头对吉斯说："我是守信用的。"

吉斯说："别哄我了，我今天就要见到瓦尔特。"

苏里兴奋地指着皮劳特对吉斯说："这不是吗，他就在你的眼前。"

"我的天！"吉斯惊讶万分地望着皮劳特，孩子般开心地笑了。原来，朝夕相处的这位老大哥竟然就是令德国士兵闻风丧胆的游击战神瓦尔特啊！怀着无限崇敬之心的吉斯急忙向走在前面的偶像跑去，他有一肚子的话要对瓦尔特同志说呢……

萨拉热窝指挥部，冯·迪特里施上校的办公室里，来自柏林的两名德军党卫军军官和盖世太保先后走了进来，为首的军官自我介绍道："我是沃尔纳德少校，奉命来接替你的职务。你接到柏林给你的指示了吗？"

冯·迪特里施上校面无表情地回答："是啊。"

沃尔纳德接着说："很好，那就用不着我多解释了。这是少尉冯·艾西斯，这是盖世太保维尔德姆特先生，他们将'陪'你回去。"

冯·迪特里施从冯·艾西斯的手中接过帽子和腰带，心情沉重地走出了办公室。

冯·迪特里施上校被撤职查办了，离开萨拉热窝前他再一次来

☆萨拉热窝指挥部，冯·迪特里施的办公室，来自柏林的两名德军党卫军军官和一名盖世太保先后走了进来，为首的军官自我介绍："我是沃尔纳德少校，奉命来接替你的职务。你接到柏林给你的指示了吗？"

☆冯·迪特里施面无表情地回答："是啊。"沃尔纳德："很好，那就用不着我多解释了。这是少尉冯·艾西斯，这是盖世太保维尔德姆特先生，他们将'陪'你回去。"冯·迪特里施从冯·艾西斯手中接过帽子和腰带，心情沉重地走出了办公室。

到高地指挥部，望着这座美丽的城市，他无限感慨，哀叹道："哎！太有意思了，我来到萨拉热窝就寻找瓦尔特，可是找不到，现在我要离开了，总算知道了他。"

随行的盖世太保维尔德姆特很有兴趣地凑过来问："你说瓦尔特是谁？"

☆冯·迪特里施上校被撤职查办了，离开萨拉热窝前他再一次来到高地指挥部，望着美丽的城市，他无限感慨，哀叹道："哎！太有意思了，我来到萨拉热窝就寻找瓦尔特，可是找不到，现在我要离开了，总算知道了他。"

　　冯·迪特里施指着萨拉热窝说："看，这座城市，它就是瓦尔特。"
　　萨拉热窝是一座英雄的城市，萨拉热窝的人民个个都是瓦尔特，他们是任何外来侵略者都不能战胜的！

☆随行的盖世太保维尔德姆特很有兴趣地凑过来问他："你说瓦尔特是谁？"冯·迪特里施指着萨拉热窝说："看，这座城市，它就是瓦尔特。"萨拉热窝是一座英雄的城市，萨拉热窝的人民个个都是瓦尔特，他们是任何外来侵略者都不能战胜的！

电影传奇

译制片导演凌子风小传

凌子风（1917～1999 年），中国电影第三代导演。原名凌风，曾用名凌项强。生于北京。1933 年考入北平美专西画系，1934 年毕业于雕塑系。1935 年考入南京国立戏剧专科学校舞台美术系，同时常在表演系旁听，在影片《保卫我们的土地》、《热血忠魂》、《八百壮士》等片中被邀演过角色。1938 年到延安，导演了多部话剧，他编导的独幕话剧《哈娜寇》获晋察冀边区鲁迅文学奖。1943 年在鲁迅艺术学院戏剧系任教，1945 年任华北联合大学艺术学院戏剧系教员。1948 年任东北电影制片厂导演。

凌子风 1917 年生于北京一个满族的书香门第世家。复杂的教育背景培养了凌子风的多才多艺。

抗日战争爆发，凌子风毅然离开校园奔赴延安。在那个特殊的年代，凌子风接触到了像蔡楚生、史东山、应云卫、袁牧之、陈波儿这样的进步电影人，并开始接触到电影这门艺术形式。1938 年途经武汉时，为筹集路费凌子风接受了武汉电影制片厂的邀请担任美工师，才有了对电影这门艺术更深的了解和认识。

战争期间为了适应战斗环境和农村演出的特点，凌子风倡导不用布景，利用现成的街道、打麦场、大的院落，用生活中的真人真事就地取材自编成剧来宣传抗战，创造了"田庄剧"这一具有广泛影响的演出形式。

从 1948 年开始，凌子风调至东北电影制片厂专门从事电影创作，1949 年到"文革"前的 17 年间，凌子风导演以饱满的热情创作了大量影片，在电影界获得"拼命三郎"的美誉。除了第一部给他带来巨大声誉的作品《中华女儿》，凌子风还拍摄了《光荣人家》、《陕北牧歌》、《金银滩》、《春风吹到诺敏河》、《母亲》、《深山里的菊花》、《红旗谱》、《春雷》等。

1960 年，凌子风将被视为描写农民革命斗争第一史诗的《红旗谱》搬上银幕，再现了 20 世纪 20 年代后期北方农村波澜壮阔的革命斗争，成为凌子风这时期创作最成熟、成就最高的作品。

"文革"初期，凌子风与许多电影人一样失去了自由创作的机会，被打成"黑帮"，下放到"五七"干校劳动改造，留下了长达 10 年之久的艺术创作空白。"文革"后恢复创作自由的凌子风迅速恢复创作状态，1979 年拍出的《李四光》预示了他又一次创作高潮的到来。

凌子风参与的电影

《中华女儿》 …………………………………… 1949 年

《光荣人家》 …………………………………… 1950 年

《陕北牧歌》 …………………………………… 1951 年

《金银滩》 ……………………………………… 1953 年

《春风吹到诺敏河》 ……………………………… 1954 年

《母亲》 ………………………………………… 1956 年

《深山里的菊花》 ………………………………… 1958 年

《红旗谱》 ……………………………………… 1960 年

《春雷》 ………………………………………… 1961 年

《草原雄鹰》 …………………………………… 1964 年

《李四光》 ……………………………………… 1979 年

《骆驼祥子》 …………………………………… 1982 年

《边城》 ………………………………………… 1984 年

《春桃》 ………………………………………… 1988 年

《狂》 …………………………………………… 1991 年

配音演员鲁非小传

  鲁非,原名赵东鲁,中国电影演员,1930 年出生于今黑龙江省五常市。鲁非 1945 年自阿城县国民高等学校毕业,1946 年入东北军政大学学习,1947 年任东北文工一团演员。

  1948 年鲁非调任东北电影制片厂,曾在《桥》、《白衣战士》等影片中扮演角色。1953 年鲁非调任北京电影制片厂。1955 年进入中央戏剧学院表演干修班学习,在那里他表演的基本功得到了扎实系统的训练。1957 年结业后任中央实验话剧院演员。

  1959 年鲁非回北京电影制片厂任演员。曾在《风暴》、《红旗谱》、《停战以后》、《T 省的八四、八五年》等影片中扮演重要角色,受到观众的好评。

  1980 年后,鲁非转入电视剧表演,曾在电视连续剧《新星》中饰演顾荣。1986 年获第六届全国优秀电视剧飞天奖优秀男配角奖。1988 年后编导电视剧《雾城的思念》等。后在译制影片《瓦尔特保卫萨拉热窝》、译制电视连续剧《卡斯特桥市长》等片中为男主角配音。

  鲁非曾获 1987 年第 1 届中国电影表演学会金凤凰奖;2011 年第 13 届中国电影表演学会金凤凰奖评委会特别荣誉奖。

鲁非参与的电影

《白衣战士》、《桥》 …………………………………………… 1949 年
《在前进的道路上》、《钢铁战士》、《高歌猛进》、《光荣人家》、《红旗歌》、《人民的战士》 ………………………………………… 1950 年
《无穷的潜力》 ……………………………………………………… 1954 年
《风暴》 ……………………………………………………………… 1959 年

《春暖花开》、《耕云播雨》、《红旗谱》、《五彩路》 …… 1960 年

《暴风骤雨》 …………………………………… 1961 年

《停战以后》、《阿娜尔罕》 …………………… 1962 年

《红河激浪》 …………………………………… 1963 年

《浪涛滚滚》 …………………………………… 1965 年

《红石钟声》 …………………………………… 1966 年

《瓦尔特保卫萨拉热窝》（配音） ……………… 1973 年

《南征北战》 …………………………………… 1974 年

《青春似火》 …………………………………… 1976 年

《不是为了爱情》、《客从何来》、《第二次握手》 …… 1980 年

《姑娘的心愿》 ………………………………… 1981 年

《大海在呼唤》 ………………………………… 1982 年

《血，总是热的》 ……………………………… 1983 年

《T 省的八四、八五年》 ……………………… 1986 年

《疯狂的小镇》 ………………………………… 1987 年

《警门虎子》 …………………………………… 1990 年

《大决战第 1 部辽沈战役》 …………………… 1991 年

《玫瑰楼迷影》 ………………………………… 1993 年

配音演员葛存壮小传

葛存壮,北京电影制片厂演员,著名表演艺术家。

1929 年 1 月 13 日出生于河北饶阳。1947 年东北解放后,葛存壮考入黑龙江省齐齐哈尔市文工团当演员,两年后随团调入东北电影制片厂演电影。

早年参加过电影《中华儿女》、《钢铁战士》、《白毛女》、《赵一曼》等影片的拍摄表演。后在电影《六号门》、《猛河黎明》、《红河激浪》及话剧《粮食》、《日出》中扮演角色。善于扮演反面角色如叛徒、日本军官、地主、地痞流氓等。且尤以《红旗谱》中的地主恶霸冯兰池、《矿灯》中的日本经理"岛田"、《小二黑结婚》中的"金旺"、《小兵张嘎》中的日军龟田队长、《南征北战》中的蒋军参谋长、《柳暗花明》中的造反派头子、《大清炮队》中的清军守备叶守信等最为成功和著名。同时执导过电视剧《落榜以后》和《钓鱼》。表演之余,还撰写过一些理论文章,有《扮演反面人物的点滴体会》、《从冯兰池到闻一多》等。现为中国电影家协会会员、中国电影表演艺术学会理事。

葛存壮参与的电影

《青春之歌》、《粮食》、《矿灯》 …………………… 1959 年

《红旗谱》、《五彩路》 …………………………… 1960 年

《暴风骤雨》 ………………………………………… 1961 年

《停战以后》 ………………………………………… 1962 年

《小兵张嘎》、《红河激浪》 ……………………… 1963 年

《小二黑结婚》、《青年鲁班》 …………………… 1964 年

《瓦尔特保卫萨拉热窝》（配音） ………………… 1973 年

《南征北战》（重拍片） …………………………… 1974 年

《决裂》 ……………………………………………… 1975 年

《金光大道（下集）》、《雁鸣湖畔》 …………… 1976 年

《大河奔流（上下集）》 …………………………… 1978 年

《小花》、《柳暗花明》、《神秘的大佛》、《戴手铐的旅客》 …………

………………………………………………………… 1980 年

《新兵马强》、《玉碎宫倾》、《智截玉香笼》 …… 1981 年

《如意》 ……………………………………………… 1982 年

《包氏父子》、《武林志》、《开拓者的足迹》 …… 1983 年

《街上流行红裙子》 ………………………………… 1984 年

《侠女十三妹》 ……………………………………… 1986 年

《失恋者》、《大清炮队》 ………………………… 1987 年

《荒火》 ……………………………………………… 1988 年

《命运喜欢恶作剧》 ………………………………… 1989 年

《天字号密令》 ……………………………………… 1990 年

《断命纹身》 ………………………………………… 1991 年

《黄飞鸿之三狮王争霸》 …………………………… 1992 年

《送你一片温柔》 …………………………………… 1993 年

《爱情麻辣烫》 ……………………………………… 1997 年

《周恩来—伟大的朋友》 …………………………… 1998 年

《我的法兰西岁月》 ………………………………… 2004 年

《独自等待》 ………………………………………… 2005 年

《爱情呼叫转移》 …………………………………… 2006 年

配音演员胡晓光小传

胡晓光，八一电影制片厂演员。1924年出生于哈尔滨市，毕业于吉林师范学校。

胡晓光从1940年开始在东北地区从事戏剧活动，1948年参军进入辽东军区文工团，一年后调入广州军区战士话剧团。这一时期，他参加了大小几十部舞台剧的演出，如在《李闯王》中饰演李闯王、在《莫斯科曙光》中饰演安冬、在《玛申卡》中饰演老教练、在《保卫和平》中饰演军政委等。在新中国成立初期长影故事片《人民战士》中饰演了王政委。

1958年，他调入八一厂演员剧团，多年来陆续参加拍摄的影视片有《打击侵略者》（饰军政委）、《县委书记》（饰县委书记）、《战上海》（饰党代表林凡）、《怒潮》（饰王特派员）、《破除迷信》（饰医生）、《碧空雄师》（饰指导员）、《通天塔》（饰何部长）、《道是无情胜有情》（饰魏部长）、《风雨阳关道》（饰老书记）、《风雨下钟山》（饰民主人士）等近三十部，此外还参加过《比翼齐飞》、《淮海大战》等剧目的演出。电视剧《道是无情胜有情》曾获"飞天奖"二等奖。现为中国电影家协会会员。

胡晓光参与的电影

《闪光的箭》、《三个失踪的人》 …………………………… 1980 年
《风雨下钟山（上、下集)》 …………………………… 1982 年
《道是无情胜有情》 …………………………… 1983 年
《破雾》 …………………………… 1984 年
《通天塔》 …………………………… 1986 年
《甜蜜的编队》、《红高粱》、《北京故事》 …………… 1987 年
《被吞噬的女子》 …………………………… 1988 年
《雪豹下落不明》 …………………………… 1990 年
《雪山义侠》 …………………………… 1991 年
《疯狂的兔子》 …………………………… 1997 年
《嘎达梅林》 …………………………… 2002 年

配音演员于蓝小传

　　于蓝，演员，著名表演艺术家，事业家，曾用名于佩文、韩地，辽宁岫岩人。

　　1938 年，于蓝赴延安，先后在抗大和女子大学学习，曾任延安鲁迅艺术文学院实验话剧团、东北文工团、东北电影制片厂、中央实验话剧院演员。1956 年毕业于北京中央戏剧学院表演专修班。

　　1949 年，于蓝开始登上银幕，先后演出话剧《佃户》、《粮食》、《周子山》、《带枪的人》等。1946 年，赴东北参加东北电影制片厂故事片摄制的筹备工作。抗战胜利后参加东北工作团文艺工作一团、东北电影制片厂．1949 年主演了第一部影片《白衣战士》。

　　1950 年，她转入北京电影制片厂，其间曾到朝鲜抗美援朝前线体验生活，先后在《翠岗红旗》和《龙须沟》中扮演主要角色，获得好评。1954 年入中央戏剧学院表演专修班进修。20 世纪 60 年代，她主演了《革命家庭》和《烈火中永生》。其中《革命家庭》中的周莲一角使她获得第二届莫斯科国际电影节（1961 年）最佳女演员奖。1981 年，她积极参与筹建北京儿童电影制片厂，并担任了第一任厂长。

　　1989 年被授予建国 40 周年最佳影星；1995 年在世界电影百年之际获得电影表演特别奖、中国电影世纪奖；2005 年被授予中国电影百年百位优秀演员；2009 年获第十届中国国际儿童电影节杰出贡献奖；2009 年获第二十七届中国电影金鸡奖终身成就奖。

　　此外，曾先后荣获由邓颖超同志颁发的全国妇联"救死扶伤"奖旗、"全国先进工作者"、"中直机关优秀共产党员"、"广电部劳动模范"、"中国福利会妇幼事业樟树奖"、"中国内藤国际育儿奖"、"第九届童牛奖孺子牛奖"等大奖；并被推举为中国电影家协会副主席、中国儿童少年电影学会会长、中国儿童少年影视中心主席、全国政协二、三、五、六、七、八届委员等。

于蓝参与的电影

《白衣战士》 …………………………………………… 1949 年

《翠岗红旗》、《龙须沟》 ………………………… 1950 年

《烈火中永生》 ……………………………………… 1948 年

《革命家庭》 ………………………………………… 1960 年

《侦察兵》 …………………………………………… 1974 年

《萨里玛珂》 ………………………………………… 1978 年

《二十五个孩子一个爹》 ………………………… 2003 年

《寻找成龙》 ………………………………………… 2009 年

配音演员关长珠小传

    关长珠，1960 年就读于北京电影学院表演系，毕业以后进入北京电影制片厂，不但活跃于银幕上，而且在配音方面也有较高的造诣。除了在《激战无名川》、《侦察兵》等电影中有过精彩表演外，还为《桥》、《瓦尔特保卫萨拉热窝》等多部译制片担任配音，南斯拉夫电影《桥》中"看手相"的大段台词，就是出自于他的完美演绎。在 20 世纪 80 年代，关长珠又在《祭红》、《刑场上的婚礼》等电影中担任了一些重要角色。

《瓦尔特保卫萨拉热窝》（配音）……………… 1973 年

《桥》（配音）、《侦察兵》……………… 1974 年

《激战无名川》……………… 1975 年

《丁龙镇》……………… 1978 年

《祭红》……………… 1979 年

《客从何来》、《蓝色档案》、《刑场上的婚礼》……… 1980 年

《知音》……………… 1981 年

《双雄会》……………… 1984 年

《难忘中学时光》……………… 1986 年

《古墓荒斋》……………… 1991 年

《风雨上海滩》……………… 2003 年

电影背后的故事

1. 英雄瓦尔特·佩里奇

瓦尔特·佩里奇（1919～1945 年 4 月 6 日），塞尔维亚人，生于塞尔维亚，第二次世界大战期间萨拉热窝（今属波黑）的抵抗运动领导人。

他有经济学学位，1940 年之前在萨拉热窝的一家银行工作；在1940～1942 年加入了共产党，一直从事地下工作；1942 年转移到解放区，作为营长；1943 年奉命潜回萨拉热窝领导游击队。1945 年 4月 6 日，在解放萨拉热窝的战斗中被迫击炮击中牺牲，从此成为萨拉热窝的英雄象征。

2. 名城萨拉热窝

萨拉热窝是波斯尼亚和黑塞哥维那的首都和经济、文化中心。它原是塞尔维亚的首都。萨拉热窝位于博斯纳河上游附近，是一座群山环抱、风景秀丽的古城。前南斯拉夫电影《瓦尔特保卫萨拉热窝》在中国的放映，使得这座城市在中国家喻户晓。曾因第一次世界大战的爆发和当代波黑战争，萨拉热窝闻名于世。

萨拉热窝的建城历史可以追溯到公元 1263 年。它曾长期被土耳其人占领。"萨拉热"一词的意思是："苏丹总督的宫殿"。16 世纪的萨拉热窝达到空前繁荣。1878 年柏林会议以后，奥匈帝国占领了波斯尼亚和黑塞哥维那，萨拉热窝成为奥匈帝国波斯尼亚首府。

1914 年 6 月 28 日，奥匈帝国皇储斐迪南大公到萨拉热窝检阅军事演习后回城途中，在拉丁桥上被塞尔维亚爱国者、中学生普林西普开枪击毙，这就是著名的"萨拉热窝事件"。一个月后，奥地利派出军队惩罚塞尔维亚，第一次世界大战爆发了。为纪念刺死斐迪南和他的妻子索菲亚的塞尔维亚爱国青年普林西普，拉丁桥后改名为普林西普桥。

　　第二次世界大战期间，南斯拉夫军民在萨拉热窝同德国法西斯展开激战。为缅怀在第二次世界大战中保卫萨拉热窝而牺牲的烈士们，在市内建有一座烈士纪念碑和英雄瓦尔特的半身塑像。